L'EXÉCUTEUR

DÉBACLE A DETROIT

DÉJÀ PARUS

N° 1 : GUERRE A LA MAFIA
N° 2 : MASSACRE A BEVERLY HILLS
N° 3 : LE MASQUE DE COMBAT
N° 4 : TYPHON SUR MIAMI
N° 5 : OPERATION RIVIERA
N° 6 : ASSAUT SUR SOHO
N° 7 : CAUCHEMAR A NEW YORK
N° 8 : CARNAGE A CHICAGO
N° 9 : VIOLENCE A VEGAS
N° 10 : CHATIMENT AUX CARAÏBES
N° 11 : FUSILLADE A SAN FRANCISCO
N° 12 : LE BLITZ DE BOSTON
N° 13 : LA PRISE DE WASHINGTON
N° 14 : LE SIÈGE DE SAN DIEGO
N° 15 : PANIQUE A PHILADELPHIE
N° 16 : LE TOCSIN SICILIEN
N° 17 : LE SANG APPELLE LE SANG
N° 18 : TEMPETE AU TEXAS
N° 19 : DEBACLE A DETROIT
N° 20 : LE NIVELLEMENT DE NEW ORLEANS
N° 21 : SURVIE A SEATTLE
N° 22 : L'ENFER HAWAIIEN
N° 23 : LE SAC DE SAINT LOUIS
N° 24 : LE COMPLOT CANADIEN
N° 25 : LE COMMANDO DU COLORADO
N° 26 : LE CAPO D'ACAPULCO
N° 27 : L'ATTAQUE D'ATLANTA
N° 28 : LE RETOUR AUX SOURCES
N° 29 : MEPRISE A MANHATTAN
N° 30 : CONTACT A CLEVELAND
N° 31 : EMBUSCADE EN ARIZONA
N° 32 : HIT-PARADE A NASHVILLE
N° 33 : LUNDI LINCEULS
N° 34 : MARDI MASSACRE
N° 35 : MERCREDI DES CENDRES
N° 36 : JEUDI JUSTICE
N° 37 : VENDREDI VENGEANCE
N° 38 : SAMEDI MAUDIT
N° 39 : TRAQUENARD EN TURQUIE
N° 40 : TERREUR SOUS LES TROPIQUES
N° 41 : LE MANIAQUE DU MINNESOTA
N° 42 : MALDONNE A WASHINGTON
N° 43 : VIREE AU VIET-NAM
N° 44 : PANIQUE A ATLANTIC CITY
N° 45 : L'HOLOCAUSTE CALIFORNIEN
N° 46 : PERIL EN FLORIDE
N° 47 : EPOUVANTE A WASHINGTON
N° 48 : FUREUR A MIAMI

DON PENDLETON

L'EXÉCUTEUR

DÉBACLE A DETROIT

TRADUIT DE L'AMÉRICAIN
PAR MIKE MARSHALL

PLON

Titre original américain :

Nº 19 THE EXECUTIONER :

DETROIT DEATHWATCH

Published by arrangement with PINNACLE BOOKS, INC.
275 MADISON AVENUE, NEW YORK.

NY 10016 U.S.A.

ISBN : 2.259-00340-0.

CHAPITRE PREMIER

Guetteur guetté, se dit-il.

Cela ne le gênait pas. Il avait tout fait afin de provoquer cette situation. Elle le réjouissait plutôt.

Il se trouvait sur le pont supérieur d'un *cabin cruiser* qui ondulait doucement sur les vaguelettes du lac Saint-Clair à environ trois cents mètres de la plage, l'œil vissé au puissant télescope de nuit. En face de lui, une poignée de villas riveraines jetait des lueurs dorées qui se réfléchissaient sur la surface du lac. Changeantes étincelles lumineuses qui ajoutaient leur clarté particulière à la pénombre.

Une villa surtout l'intéressait.

Elle était bien gardée. Les sentinelles

l'avaient aperçu dès son approche, s'étaient inquiétés de sa présence depuis son arrêt.

Il bénéficiait de deux atouts : primo, le Startron, un télescope de visée, monté sur sa carabine, lui accordait une vision nocturne à l'égal de celle des grands fauves de la jungle ; secondo, la nuit elle-même semblait se prêter à sa volonté. La pleine lune se trouvait juste derrière lui, accrochée — en apparence — à quelques mètres de l'eau. Il n'y avait pas un seul nuage dans le ciel. Le vent venant du nord-est filait vers la rive avec suffisamment de force pour troubler les regards de ceux qui l'observaient.

Il était vraisemblable qu'ils ne pouvaient pas distinguer plus que la silhouette noire du bateau, et peut-être celle de l'homme qui se trouvait sur le pont. Même s'ils avaient l'avantage de posséder des appareils d'intensification de la luminosité, des accélérateurs de lumière ambiante, comme le Startron, il est probable qu'ils auraient pris l'objet que tenait le guetteur pour une canne à pêche.

Mais Bolan aurait mis sa main au feu qu'ils ne disposaient pas d'un Startron. L'objet qu'il tenait n'était pas une canne à pêche, mais une Weatherby Mark V, montée sur trépied près de la passerelle, juste devant le fauteuil de pêcheur dans lequel Bolan s'était sanglé.

Ainsi maintenu, il formait un bloc avec son arme et le bateau, s'habituant au mouvement régulier des vagues, apprenant à compenser le balancement afin de garder en vue ses cibles. Il profitait de cette pause d'initiation pour jauger la situation sur la plage.

Belle villa moderne à deux niveaux, de grandes baies vitrées donnant sur la rive, longue terrasse, de larges marches en ciment menant jusqu'à la pelouse, parc astucieusement éclairé. Une allée circulaire, dont il ne voyait qu'une partie à cause de la villa, était pleine de voitures garées.

Il y avait des gardes dispersés parmi les arbres qui regardaient le large en grimaçant, intrigués par la présence de l'intrus, évaluant sans doute le danger qu'il représentait. Deux gardes trottaient vers l'extrémité de la jetée où se trouvait un hors-bord. Ils avaient sans le moindre doute l'intention de venir faire un tour.

Peu à peu les lumières s'éteignaient dans la villa. Deux hommes au visage dur sortirent sur la terrasse, s'immobilisèrent de chaque côté des marches. Ils étaient vêtus comme des marins de luxe, coiffés d'une casquette de capitaine.

Méfiants. Prudents.

Il y avait de quoi se méfier, du reste. Tout n'allait pas pour le mieux dans le meilleur des mondes à Detroit depuis un certain temps. On disait qu'il y avait eu des confrontations armées entre la Combine et certains gangs qui lui devaient allégeance — des Noirs surtout. Aussi, les agents fédéraux s'étaient-ils montrés particulièrement agaçants dernièrement, instituant des tables d'écoute, menant des filatures ininterrompues, faisant parfois une petite descente imprévue.

Maintenant un bateau apparaissait en pleine nuit à quelques centaines de mètres de la plage. Il y avait de quoi se méfier. Avec tous leurs ennuis, il se pouvait que l'Exécuteur soit venu s'ajouter au chaos.

Ils allaient bientôt en avoir la certitude.

Poussant un petit soupir Bolan leva la tête, vérifia l'élévation de la carabine et la force du vent puis colla à nouveau l'œil au télescope. Il se tendit pour une dernière évaluation avant le combat.

Rapidement il balaya la plage du nord au sud avec son Startron, ensuite il quadrilla minutieusement la propriété, zone après zone, dans sa mire.

Il entendit tousser puis démarrer le moteur du hors-bord, se contraignit à l'ignorer, l'œil vissé au Startron, continua à dessiner son invisible quadrillage, mit au point son plan de combat. Il s'immobilisa subitement, se figea comme un objet inanimé, parce qu'une cible venait d'apparaître dans la mire — un écusson noir avec deux ancres dorées cousues sur une casquette de capitaine de yacht.

Douce et irréversible pression sur la détente, maintien de la grosse pièce qui se cabrait contre son épaule, grimace tendue lorsqu'il se battit pour conserver sa vision de la cible, petit grognement satisfait en voyant l'écusson noir se désagréger et se confondre dans une explosion de rouge et de blanc.

Une parfaite évaluation de trajectoire — à bout portant — aucune courbe, aucune correction.

Les autres cibles commencèrent à se disperser. L'immense projectile avait précédé le *cra-ac* de la détonation de quelques millisecondes. Le garde décapité avait été projeté en arrière, s'était écrasé sur la terrasse, provoquant sans temps mort l'activité subite de ses collègues.

Bolan découvrit dans la mire une autre casquette à écusson noir à mi-escalier. Il y eut une nouvelle détonation. L'homme à la deuxième casquette déboula les marches comme un sac éventré qu'on jette avec mépris.

Les deux balles suivantes, tirées plus haut, fracassèrent les baies vitrées, passèrent dans les salles de réception comme des abeilles enragées. Les lampes encore allumées s'éteignirent aussitôt. La carabine poursuivit son travail meurtrier. Une cible apparut dans le champ de son télescope, fut prise en chasse. Le souffle retenu, Bolan caressa la détente. La cinquième balle siffla le long de sa trajectoire aplatie, et encore une âme eut l'occasion de connaître la paix éternelle.

Bolan leva la tête, tendu, les yeux de glace.

Il évalua la situation : formidable ! Enfin on commençait à réagir. On lui tirait dessus de plusieurs endroits. Il y avait deux hommes sur le toit avec des carabines. Il y en avait d'autres au bord de l'eau dans une espèce de tranchée. D'autres encore ralliaient le milieu de la plage, arrivant des deux côtés au pas de course. Des silhouettes jaillirent de la villa.

Comme Bolan l'avait prévu, ses adversaires avaient du mal à évaluer sa distance exacte. Il n'était après tout qu'une ombre indéfinissable sur la surface du lac, et la lune brillait juste derrière lui, ce qui gênait encore plus les tentatives de ses ennemis. Les premiers tirs furent à court, tombèrent inoffensifs dans l'eau. Bientôt ils comprendraient leur erreur, rectifieraient leur trajectoire, mais Bolan ne serait plus là.

Le hors-bord se trouvait à mi-chemin entre la jetée et le *cabin cruiser*. Ceux qui se trouvaient à son bord ne possédaient apparemment que des pistolets, aussi voulaient-ils attendre d'être plus près avant d'entamer une fusillade.

Bolan tourna sa Weatherby sur eux, tira trois fois. Les deux premières balles transpercèrent la coque du hors-bord sur la ligne de flottaison, la dernière fit éclater le moteur qui s'emballa dans une protestation de rage puis se tut définitivement. Le bateau ralentit aussitôt, les passagers sautèrent à l'eau sans la moindre hésitation.

Bolan se permit un petit sourire amusé, descendit dans la cabine, emmenant la Weatherby. Il rangea la grosse pièce dans un sac imperméable et insubmersible, puis alla à l'avant remonter l'ancre.

Le *cabin cruiser* commença enfin à encaisser des coups, les autres avaient fini par comprendre.

Bolan s'en fichait éperdument.

Il mit le moteur en marche, poussa les

gaz à fond, vira au large, mit le cap sur Ontario, bloqua la barre.

Quelques instants après il se laissa glisser dans l'eau et, tandis que le *cabin cruiser* filait en solitaire vers le Canada, nagea lentement vers la côte.

On avait presque fini de faire feu depuis la rive, mais une grosse vedette soulevait des vagues énormes en fonçant derrière le *cabin cruiser* de Bolan. Il n'était pas loin lorsque la vedette ralentit pour secourir les naufragés du hors-bord. Il écouta avec plaisir les jurons échangés et les promesses de revanche, et il souriait allègrement lorsque la vedette remit les gaz et s'éloigna.

Il y avait facilement une douzaine d'hommes à bord du second bateau, ce qui impliquait que la majeure partie des gardes poursuivait en vain un navire vide qui ralliait à fond de train la rive opposée du lac Saint-Clair.

C'était exactement ce qu'avait prévu l'Exécuteur.

Il passa le bras dans l'anneau du sac insubmersible, se tourna vers la villa, reprit posément sa brasse puissante.

Sa vraie cible se trouvait près de la plage.

La débâcle commençait.

CHAPITRE II

La grande villa qui se dressait sur la rive de Grosse-Pointe, avait été construite par un magnat de l'industrie automobile au début du siècle. La Combine l'avait acquise quelques années plus tôt et après y avoir fait d'importants travaux, l'avait rebaptisée « The Sons of Colombus Yacht Club ». Naturellement il n'y avait pas un seul propriétaire de yacht parmi les membres, car il s'agissait d'un centre de récréation pour les mafiosi de moindre importance, un havre où ces derniers pouvaient se prélasser en compagnie de leur famille légitime. Par la même occasion le club servait de blanchisserie pour des dollars encaissés au noir, le profit de divers rackets à Detroit. Progressivement la charte du club s'allongea, le jeu, la prostitution et la contrebande firent leur apparition ; les membres du club cessèrent d'emmener l'épouse légitime se dorer au soleil. Sage précaution, confirmée par un nouveau décret de la direction, interdisant formellement l'accès du club aux femmes et aux enfants. Le club devint un fortin dont le seul but était l'accroissement des gains illicites de la Mafia.

La Combine régalait ses amis et ceux dont on voulait se faire des amis dans le cadre luxueux du club, y montait des projets, y jugeait les brebis galeuses puis les faisait disparaître dans les profondeurs du lac, bien enveloppées dans un linceul de ciment.

Le site était d'autant mieux choisi qu'il s'agissait d'un quartier résidentiel très coté, où jamais le public n'aurait supposé la présence de malfaiteurs.

Les « soldats » qui habitaient Detroit ou la banlieue ne se trouvaient jamais à plus d'un quart d'heure de voiture du club, les dirigeants habitaient encore plus près, en général à cinq minutes de marche. Les mafiosi étrangers qui descendaient à Windsor, au Canada, n'avaient qu'à traverser l'Ambassador Bridge puis remonter l'Edsel Ford Freeway pour venir au club, un trajet d'une demi-heure au maximum. Ceux qui craignaient les *U.S. Customs,* la douane à la frontière, pouvaient s'embarquer sur la Detroit River puis traverser le lac Saint-Clair afin d'accoster dans la marina du Yacht Club à n'importe quelle heure du jour ou de la nuit.

Les chefs de la Combine avaient choisi de se réunir au club cette nuit pour une conférence importante, certains étaient même venus de Toronto et de Buffalo. Plusieurs sujets les préoccupaient, mais surtout la crise énergétique et Mack Bolan.

Projet Texas et Flag 7 avaient englouti d'immenses sommes, parmi lesquelles s'étaient trouvés plusieurs millions de dollars dont la contribution que la Combine avait consacré à l'effort commun. Combien en avait été irrévocablement perdu, combien en pouvait-on raisonnablement espérer récupérer ?

On avait également profité de la réunion pour présenter des condoléances à Anthony Quaso dont le frère cadet, Joe, était mort sous les balles de Bolan. Quaso était un important personnage dans l'entourage de Salvatore « Crazy Sal » Vincenti, le plus grand des chefs de la Combine. Le jeune Quaso avait été enseveli quelques jours plus tôt ; c'était pour plusieurs la première occasion d'exprimer leurs regrets.

Inévitablement Bolan s'immisça dans la discussion. Un industriel canadien fraîchement arrivé de Toronto exprima ses craintes, suggéra que le lien de parenté entre les frères Quaso agirait comme un fil conducteur et attirerait inéluctablement Bolan jusqu'à Detroit.

— Foutaises ! ricana le vieux Sal avec mépris. Ce con n'oserait jamais montrer sa tête par ici !

A cet instant le capitaine de la garde entra dans le salon, se pencha au-dessus de Vincenti, annonça discrètement l'arrivée inattendue d'un mystérieux *cabin cruiser* qui avait jeté l'ancre au large.

— Qu'on aille voir, décida Vincenti.

Il essaya ensuite de ramener la discussion aux choses importantes mais ses associés ne lui acordèrent plus leur attention. Ce manque d'égards inquiéta Charley Fever.

Charley Fever, né Favorini, était le chef des gardes du corps de Sal Vincenti, celui dont Vincenti disait :

— C'est mon troisième bras !

Durant toute la première partie de la conférence Charley Fever s'était tenu sur une chaise derrière son chef comme une ombre, absent et présent à la fois. Vincenti était le seul chef de la Combine à oser faire entrer dans une salle de conférence son homme de main, surtout parce qu'il était le plus important de tous les chefs présents, ensuite parce que les autres chefs connaissaient tous Charley qu'ils aimaient et respectaient. En plus ils avaient confiance en lui, bien davantage qu'en Sal lui-même.

Vincenti piquait parfois des crises de rage incontrôlables pour des griefs imaginaires. Charley Fever se montrait alors irremplaçable ; il calmait son chef, et il avait le don de voir venir les heurts et de les éloigner discrètement.

Dès l'arrivée du capitaine de la garde Charley s'était penché en avant, observait son chef avec un œil de rapace. Il ne fallait pas plus que le nom de Bolan prononcé d'une voix inquiète devant Sal, pour que le vieux s'estime insulté dans son honneur, s'offense, vocifère puis explose. Charley ne tenait pas à voir une explosion.

Subitement trois coups de feu tonnèrent. Tout le monde se leva, scruta d'un regard incertain les baies vitrées dont les rideaux de fer avaient été déroulés. Sans un mot Charley s'approcha, prit Sal par le bras, l'entraîna dans la « chambre forte », une pièce spécialement conçue pour parer aux violences inattendues. Les autres leur emboîtèrent le pas en silence, sans se pousser comme des gosses qui entrent en classe.

Charley Fever les quitta, descendit jusqu'au rez-de-chaussée en éteignant toutes les lumières au passage, lançant des ordres aux gardes.

Un messager hors d'haleine l'arrêta à l'entresol, rapporta les événements qui venaient de se dérouler à l'extérieur. Charley l'envoya prévenir les chefs puis descendit jusqu'au salon d'hiver qui n'était plus qu'un amas de verre brisé, de plantes en charpie.

Un fou dans un *cabin cruiser*, un dément qui s'amusait avec une grosse carabine. Cela ne pouvait pas être un négro de la bande de Black Johnson, ce n'était pas leur style. Mais ce n'était pas le moment de prendre des décisions hâtives. La sécurité de la villa dépendait plutôt d'un jugement réfléchi.

En fait, Charley Fever n'avait rien à voir avec le service de sécurité du Yacht Club. La villa disposait d'une équipe qui lui était propre, et qui devait assurer en permanence la sécurité des membres. Mais Charley était bel et bien responsable du vieux Sal, ce qui lui donnait certains droits sur les autres. Il s'adressa au valet, lui donna des instructions pour le personnel puis traversa la salle de jeu, sortit sur la terrasse.

On ne tirait plus. Le capitaine de la garde, un ancien combattant d'une grande maigreur, Billy Castelano, se tenait près des marches, le corps raide, les yeux rivés sur quelque chose au bas des marches.

Charley Fever fit un pas, glissa, manqua de s'étaler. L'odeur lui vint subitement aux narines ; il n'y avait pas à s'y tromper, il se tenait au milieu d'une flaque de sang. Il remarqua alors, un peu de côté, un corps recroquevillé.

— Nom de Dieu ! s'écria-t-il doucement.

— Ce sont Tommy Noble et Harry the Gook, expliqua Castelano d'une voix morne. Ne les regardez pas de trop près, Mr Fever, il leur manque la plupart du crâne.

— Touchés à la tête ? marmonna Charley Fever. Tous les deux ?

— Oui, monsieur. Le type savait drôlement bien tirer. Viser la tête de cette distance...

— Quelle distance, Billy ?

— Suffisamment loin pour que les gars n'aient jamais compris ce qui leur est arrivé. Ils sont morts avant d'entendre un seul coup de feu.

— Je ne savais pas que quelqu'un avait été touché, avoua Charley Fever d'une voix éteinte. Je croyais que...

Il laissa en l'air sa phrase inachevée puis revint à sa première idée.

— Dans la tête, hein ?

A cet instant le chef de l'équipe extérieure apparut dans l'ombre et chuchota entre ses dents :

— Rentrez ! Il est peut-être encore là. On ne sait pas encore ce qui se passe.

Castelano fit volte-face aussitôt, traversa la terrasse. Charley Fever ne bougea pas.

— Qu'est-ce que tu en penses, Mickey ?

— Je n'en sais rien, répondit le mafioso. Tous les coups ont été tirés du bateau...

Il s'approcha et ajouta :

— Ils ont foutu le camp avant qu'on ait pu bouger. Joe et sa bande les poursuivent sur le lac. Ne vous en faites pas, le *Chris Colombus* peut rattraper n'importe quoi. Ils les auront.

— Combien étaient-ils à ton avis ?

— Ça, je n'en sais rien, Mr Fever. Ils ont tiré sept ou huit fois. Quelques coups sur le hors-bord. Coulé. Tony Dollar et Pete Dominic étaient dedans quand ça s'est passé, ils allaient voir. Je pense qu'ils s'en sont tirés. J'ai vu Joe s'arrêter pour les repêcher.

— Combien de morts y a-t-il ? demanda alors Charley Fever.

— Trois, monsieur. Vous avez vu Tom et Harry. Il y a aussi le nouveau qui est venu du pays, Roccobello.

— Il a encaissé dans la tête aussi ?

— Comme les autres, monsieur.

— Comme les autres, répéta doucement Charley Fever.

Il rejoignit Castelano près de la porte, le poussa à l'intérieur de la villa.

— Monte dire à Sal de rester dans la chambre forte jusqu'à ce que je vienne le chercher. Qu'il appelle ses avocats, qu'il les fasse venir tout de suite. Les flics vont débarquer d'un moment à l'autre et les fédéraux vont peut-être en profiter pour faire une descente.

— Merde, mais on n'a rien fait ici, on est légitime, protesta Castelano. On a le droit de se défendre, non ?

— Bien sûr, rétorqua aussitôt Charley Fever. Mais les flics ont le droit de se renseigner quand il y a une fusillade, alors va prévenir Sal. Il ne faut pas que les chefs et leurs amis soient ennuyés par les poulets, hein ?

— Surtout pas. Je vais faire avancer les voitures du côté de la sortie discrète. C'est sûr que les *amici* ne voudront pas rencontrer la police. Je m'occupe de tout, monsieur.

— C'est ça, dit Charley Fever avec un petit sourire forcé.

Il regarda s'éloigner le capitaine de la garde, reprit le fil de sa pensée. On avait entendu tous les coups venir du large : tous venir d'une seule arme, une grosse carabine. Une très grosse carabine. Donc, un seul tireur. Tous les gars avaient été touchés à la tête, tués net. Ils n'avaient même pas entendu les coups de feu qui les avait tués.

Le type avait l'œil pour faire des cartons comme ça en pleine nuit. On jurerait que c'était...

Il alluma un cigare, observa l'allumette d'un air pensif. A travers la villa on rallumait. Bientôt Joe Venuchi reviendrait dans sa super-vedette, bredouille et honteux. Charley Fever le savait déjà, il n'y avait pas besoin d'être clairvoyant pour ça.

— Et merde, murmura-t-il tout bas.

Il traversa de nouveau la terrasse, descendit sur la pelouse pour essuyer ses chaussures ensanglantées sur l'herbe.

Une carte de visite, se dit-il. Bolan est venu à Detroit.

CHAPITRE III

La bataille pour Detroit était à peine commencée quand Bolan amorçait déjà la deuxième partie de son plan. Il avait passé deux jours à repérer le terrain, il l'avait surveillé de jour comme de nuit, caché dans les environs, sur son bateau au large et il avait même effectué quelques survols. Il s'était procuré des plans, des cartes et des photos, tout ce qui pouvait lui être utile pour mener à bien son entreprise. Il avait étudié des vieilles photos de presse, des clichés pris par la police et des rapports sur les activités de la Combine. Il connaissait bien ses adversaires, il connaissait bien leur terrain. Il savait ce qu'il faisait ; il ne se lançait pas dans la bagarre comme un héros voué à une mort certaine, il entreprenait une action mûrement réfléchie et minutieusement préparée, afin de pénétrer le fortin ennemi. L'Exécuteur savait exactement ce qu'il devait faire.

Mise à part la rive, toute la propriété était cernée d'un mur en pierres cimentées, haut de trois mètres. Cette enceinte était patrouillée à toute heure par des gardes en uniforme. L'entrée dans le parc s'effectuait par deux portails renforcés, placés à une vingtaine de mètres l'un de l'autre, dont l'ouverture était commandée par un système électronique. Chaque portail disposait d'une tour de guet qui communiquait avec l'autre, grâce à un passage surélevé. Il y avait un troisième portail qui ne servait qu'aux sorties discrètes. Celui-ci était dissimulé dans le mur au nord de la villa et ne s'ouvrait que de l'intérieur.

La propriété était également protégée du côté du lac mais les défenses étaient principalement humaines. Vingt-quatre heures sur vingt-quatre des gardes habillés en marins patrouillaient devant l'entrée de la marina dans des petits canots tandis que d'autres faisaient les cent pas sur le parapet au-dessus de la plage artificielle. La seconde ligne de défense était faite de plusieurs équipes de garde qui patrouillaient le parc magnifique du lever au coucher du soleil. Il y avait également d'autres protections disposées à peu près partout, telles que des postes de combat sur le toit de la villa et diverses fortifications à l'intérieur.

Bolan estimait qu'il y avait environ quatre-vingts hommes pour assurer la protection de la villa, dont la plupart se tenaient à l'extérieur. Etat de siège mis à part, Bolan avait compté vingt-cinq à trente hommes armés pour assurer la garde. Une équipe d'environ dix hommes s'occupait du ménage et montait la garde intérieure. Des hommes de main moins qualifiés servaient de jardiniers et de sentinelles d'occasion. Il n'y avait pas d'employés civils : c'était une place forte.

Le capitaine de la garde s'appelait Billy Castelano — son vrai nom était Reggio Caccimomorese — il se faisait passer pour le directeur du club. En fait, à une époque il avait été directeur d'une boîte de nuit qui appartenait à un chef de la Mafia, dont la spécialité était l'organisation d'assassinats sur commande. Un comité du Sénat américain avait établi un rapport entre Castelano et une cinquantaine de meurtres professionnels au cours des années 50. Il avait purgé une brève peine dans un pénitentiaire fédéral pour faux témoignage devant le Congrès des Etats-Unis puis s'était tenu tranquille depuis sa sortie de prison, sans pour autant rompre les liens avec le milieu.

Son assistant était un ancien combattant, un ex-GI, qui se faisait appeler Michael Morris mais que tout le monde surnommait Mickey Mouse ou Mickey tout court, dont le nom véritable était Michael Tantocci. Pendant son service militaire en Allemagne de l'Ouest il avait été un MP (Military Police). La police ouest-allemande avait découvert tout un réseau de marché noir, de prostitution et d'escroquerie dont Tantocci était le chef. L'armée américaine, peu friande de scandale, avait entendu ses aveux et l'avait démobilisé « honorablement », sans jugement ni procès. Grâce au parrainage d'un ami de la famille, un certain Charles — Charley Fever — Favorini, il n'avait rencontré aucune difficulté pour se reconvertir à la vie civile. Charley Fever, sans doute le meilleur assassin au service de la Combine de Detroit, avait lui-même donné le surnom de Mickey à Tantocci, pour souligner la manière peu commune dont son poulain exécutait ses travaux, et qui relevait de la bande dessinée à ses meilleurs moments. En effet, au moment où il avait atteint la gloire en tant qu'assassin sous les ordres de Charley Fever et qu'il était passé maître — tout le monde était d'accord pour le dire — dans l'art de provoquer des accidents réussis, il commit, l'irréparable en arrangeant la chute libre d'un ascenseur dans lequel se trouvait un des lieutenants de Sal Vincenti et quatre personnes innocentes. Aucun des cadavres ne constituait la cible qu'il visait. Cette erreur lui valut d'être muté au Yacht Club où il passait son temps à monter la garde comme tout un chacun.

Un autre chef d'équipe du club, un ancien quartier-maître de la US Navy, qui se prenait maintenant pour un amiral, s'appelait Joseph Venuchi. Il avait la responsabilité de tous les transports maritimes, de la contrebande, des stupéfiants, du passage d'étrangers interdits de séjour et de VIPs désireux de passer inaperçus, etc. La flottille de l'amiral naviguait au nord jusqu'au lac Huron et au lac Supérieur et dans l'est jusqu'aux lacs Erie et Ontario et plus loin encore par le canal maritime de St.-Lawrence. Une fois il avait assuré le passage d'un capo sicilien qui devait effectuer un aller et retour Montreal-Detroit-Montreal. Il supervisait aussi les enterrements marins des ennemis de la Combine, et veillait toujours à ce que ses clients soient bien enfermés dans un cercueil en ciment.

A eux deux, Venuchi et Mickey commandaient à tous ceux qui composaient la garde permanente du club. Le succès de l'opération de Bolan dépendait de sa possibilité de neutraliser la majeure partie de cette garde, de l'éloigner pour affaiblir les défenses de la rive.

En cela il avait réussi — pour le moment. Il lui restait à briser une dernière ligne de défense puis gagner l'intérieur du club.

Il se laissa bercer par les vagues du lac pendant un long moment, à demi submergé, protégé du froid par une combinaison de plongeur, puis gagna doucement les rochers et les roseaux qui bordaient la rive. Il devint immobile comme un des rochers pour se reposer et laisser sa conscience se pénétrer de ce qui l'entourait.

Un garde se tenait accroupi au centre de la jetée, tirant nerveusement des bouffées d'une cigarette qu'il essayait de masquer derrière ses mains. Il se trouvait à une cinquantaine de mètres de Bolan, près du bassin de la marina. Un autre type faisait les cent pas sur l'appontement. Il ne cherchait rien du regard, il attendait seulement le retour de la vedette avec une impatience non dissimulée.

Deux hommes s'immobilisèrent à dix mètres du rocher humain, l'un d'eux urina contre un arbre, puis ils reprirent leur ronde.

Il y avait du bruit au-delà de la villa, des faisceaux lumineux dépassaient parfois l'angle du bâtiment : des voitures se mettaient en route.

Très loin, au fin fond de la nuit, une sirène ululait comme un oiseau nocturne désespéré. Ce cri triste semblait s'approcher par Lake Shore Drive et venait du sud.

Bolan ne disposerait que d'un temps limité.

Silencieusement il quitta rapidement les rochers complices, gagna les buissons touffus à quelques mètres de la plage, ouvrit le sac insubmersible, commença à se harnacher pour le corps-à-corps.

Il rangea sa pièce principale — un 44 Magnum automatique — sur sa hanche droite, et son arme fidèle — un Beretta — sous son aisselle gauche. Il avait équipé ce pistolet d'un silencieux de sa propre fabrication qui étouffait l'aboiement strident des Parabellum 9 mm de telle sorte qu'il n'en subsistait qu'un soupir quasi inaudible. Il enfila ensuite deux bandoulières sur lesquelles il avait accroché toutes sortes d'armes explosives, et donna une tape amicale à chacune comme s'il faisait l'inventaire de ces instruments de mort. En pleine bataille, un soldat qui ignore où se trouve son arme, perd en général la vie.

Finalement il s'enduisit les mains et le visage d'un produit noir et passa des baskets noires, sèches ! Il cacha le sac insubmersible qui ne contenait plus que la Weatherby, sous les buissons.

L'Exécuteur gagna enfin les espaces ouverts du parc, se déplaçant comme une ombre au cœur de la nuit.

Il n'avait pas le temps de faire des détours et se glissa derrière un garde adossé à un arbre, lui entoura le cou d'un garrot, le serra contre le tronc grâce à son propre poids, le maintint fermement jusqu'à la fin de la danse macabre et inutile. Le cadavre s'affaissa enfin mollement. Pas un seul son n'avait transpiré de cette lutte à mort. Il cala le bras du cadavre tant bien que mal entre le tronc et une branche ; l'homme paraissait se reposer tout en surveillant le lac.

Il s'approcha de l'angle sud-est de la villa, entendit un murmure de voix. Avançant à travers les massifs de fleurs, il s'agenouilla près d'un petit buisson, scruta l'obscurité.

Il y avait une grande activité derrière la villa. Des portières claquaient, des moteurs démarraient, tournaient au ralenti, de-ci de-là des hommes s'interpellaient, se disaient au revoir.

Il n'y avait aucune lumière au niveau supérieur de la villa mais le rez-de-chaussée ressemblait au bouquet d'un feu d'artifice.

Un grand type vêtu d'un complet de luxe se tenait dans la lumière qui tombait sur l'allée, dos à Bolan. A ses côtés Billy Castelano se tenait de trois quarts profil. Le capitaine de la garde portait un pantalon blanc et un polo mais pas de veste. Sur la hanche gauche il portait un 38 à canon court dans un holster spécial. Il tenait un talkie-walkie à la main et répétait les ordres que lui donnait le grand type

Celui-ci se retourna brusquement, fixa l'endroit où se trouvait Bolan. C'était Charley Fever. Bolan sentit ses cheveux se dresser légèrement sur la tête et la nuque, comme les poils d'un fauve. Il s'immobilisa complètement, coupa sa respiration. Le grand tueur professionnel se détourna alors, reprit sa conversation avec Castelano

Bolan quitta sa planque, s'approcha davantage des deux hommes.

La conversation radiophonique concernait le départ de la caravane qui se formait derrière la villa et qui devait emprunter l'allée qui menait à la sortie camouflée dans la muraille nord. Bolan était d'avis qu'ils en faisaient beaucoup pour une manœuvre qui aurait dû être de la routine, mais apparemment Charley Fever sentait venir le vent et décidait de ne prendre aucun risque avec les VIPs dont il avait la charge. Il les éloignait en convoi rapide, tous phares éteints jusqu'à la sortie du domaine privé. Une équipe spéciale se rendait au portail secret, devant assurer la protection du secteur tant que le portail resterait ouvert.

Bolan dut leur tirer un coup de chapeau, ces types savaient prendre des mesures de sécurité. Il lui fallait maintenant trouver le moyen de briser leurs efforts.

Il se fichait des VIPs, il pouvait toujours s'occuper d'eux plus tard, individuellement, chacun à son tour.

Mais il voulait prendre le fortin, le réduire à néant, le niveler et en faire des cendres et des gravois. Il voulait montrer aux mafiosi ce qu'était la guerre quand c'était lui qui la faisait, les effrayer, les disperser aux quatre vents, les désorienter pour qu'ils finissent par se tuer les uns les autres dans la terreur et la confusion. Il voulait provoquer une onde de choc qui secouerait l'empire de la Combine dont les ramifications s'étendaient partout dans le monde et contrôlaient des industries, des banques, des sociétés multi-nationales et même certains gouvernements du tiers-monde. L'organisation criminelle de Detroit était une des plaies ouvertes du genre humain, car elle n'était que goût de lucre et désir effroyable de pouvoir absolu.

Donc, Bolan n'avait pas envie de supprimer les VIPs — les infects *amici* — mais il voulait bien se servir d'eux... puisqu'ils étaient là.

Les sirènes de la police s'approchaient rapidement. C'était maintenant ou jamais.

« Maintenant », se dit Bolan.

Il décrocha une grenade de sa bandoulière, la dégoupilla, l'envoya sur le toit de la villa, en prit aussitôt une seconde qu'il lança au centre du parc automobile.

La radio de Castelano crépitait. Du portail principal on annonçait l'arrivée sur place de la police :

— Les flics sont là. Qu'est-ce qu'on leur...

La phrase resta inachevée. Une boule de feu explosa sur le toit et tonna dans le parc, suivie de peu par des hurlements d'épouvante. Dans un autre secteur un homme s'écria :

— Une attaque ! Une attaque !

Castelano et Charley Fever ressemblaient à des statues, figés sur place. La seconde explosion, à leur propre niveau, leur rendit la mobilité. Ils détalèrent vers l'entrée principale.

Charley Fever poussa subitement le capitaine de la garde dans la direction opposée, s'écria :

— Fais démarrer le convoi !

Le geste brutal de Charley Fever envoya le maigre capitaine dans les bras de Mack Bolan. Charley Fever avait déjà disparu de l'autre côté de la villa. Le canon déformé du Beretta appliqué entre les sourcils du petit homme le fit se redresser. Un bras d'acier l'entoura, l'entraîna dans les ombres de la roseraie.

Une voix calme et glaciale précisa :

— Tu as dix secondes pour me convaincre que tu aimes la vie.

— Oh ! mon Dieu ! gémit Castelano. Quoi, qui... ? Comment ?

— Fais fermer la sortie arrière. Cinq secondes, Billy.

Sans doute Castelano avait-il vu trop de sang cette nuit-là. Peut-être était-ce les cris terrifiants sur le toit qui eurent une influence sur lui. Peut-être encore était-il simplement un homme habitué à recevoir des ordres. Peu importe, mais lorsqu'il brancha la radio sa voix était calme et contrôlée.

— Alerte ! Controrde, fit-il. Fermez le portail ! Personne ne sort !

— Entendu ! répondit-on à la fois des deux portails.

Il se tourna ensuite calmement vers le grand type froid, s'efforça de sourire un peu, fit calmement :

— Et qu'est-ce que ça va me rapporter, ça ?

— Une migraine, dit Bolan en lui assenant sur le crâne un coup sec avec la crosse du Beretta.

Le petit homme maigrelet s'effondra en poussant un gémissement. L'Exécuteur laissa choir sur son torse une médaille de tireur d'élite, saisit la radio, s'éloigna vers la mêlée tumultueuse

Sa pénétration était réussie.

CHAPITRE IV

La radio émettait des petits pépiements d'angoisse, d'incertitude. Du portail principal on voulait savoir ce qu'il fallait faire et ce qui se passait. Les policiers piquaient leur propre crise menaçant de faire sauter le portail si on ne le leur ouvrait pas, ils demandaient que diable se passait dans le parc, avec toutes ces explosions et ces coups de feu.

Affolés, des gardes en armes accouraient, ayant abandonné leurs divers postes de combat ou de défense. Une fusillade éclata dans le secteur nord-ouest. La confusion grandit. L'ennemi se retournerait-il contre lui-même ?

Quelque part dans l'obscurité de la nuit

un type muni d'un haut-parleur portatif ordonnait aux gardes de regagner leurs postes et de s'y tenir sans en bouger.

Il y avait un incendie sur le toit. Des hommes allaient et venaient en titubant, poussant des cris et des jurons, essayant d'éteindre le feu de leurs mains nues.

Près du mur nord un brouhaha impatient s'élevait et prouvait l'efficacité du contrordre que Bolan avait obtenu de Castelano. On entendit des voix pleines de fureur et d'exaspération, des coups de klaxon stridents déchiraient la nuit. Les VIPs qui n'étaient pas des bagarreurs, réagissaient exactement comme ils l'auraient fait dans un embouteillage qui les aurait empêchés de se rendre à un rendez-vous important : ils paniquèrent.

D'autres sirènes approchaient, venant des deux côtés de Lake Shore Drive.

La radio meugla de nouveau, le chef de l'équipe extérieure lança :

— Faites sortir ces gens de leurs voitures ! Emmenez-les jusqu'aux bateaux ! Aux bateaux !

C'était le chaos, la place forte s'effritait comme un château de sable face à la marée montante. Ceux qui connaissaient Bolan auraient dit que c'était normal, que cela se passait toujours ainsi quand il débarquait quelque part avec de mauvaises intentions. Bolan avait débarqué. Et il était mauvais.

Il s'était passé à peine trente secondes depuis qu'il avait lobé la première grenade. Maintenant il écoutait, il évaluait la situation qu'il avait provoquée afin d'en tirer une victoire retentissante. Le plan qu'il avait établi avec tant de précautions cédait la place à l'instinct du guerrier.

Bolan pensait qu'à partir d'un certain moment l'issue d'une bataille dépend largement de la chance et du destin. Une fois de plus la chance lui sourit, car quelqu'un coupa le compteur de la villa. Toutes les lumières s'éteignirent d'un seul coup.

L'obscurité était sa meilleure alliée.

Lui n'avait pas besoin de voir, eux si.

Apparemment l'ennemi ne se savait pas envahi, il croyait encore que l'assaillant se trouvait en dehors de l'enceinte du parc, loin et indécelable.

Bolan était trop heureux de profiter de cette erreur de jugement. Il saisit un petit lance-rockets chargé d'une fusée éclairante, visa le ciel noir au-dessus de la rive du lac, tira. En quelques instants la fusée s'allumerait, descendrait lentement, suspendue à un mini-parachute, éclairant l'ensemble du champ de bataille. Cette subite luminosité confondrait l'ennemi et ajouterait à la pagaille générale. En attendant, Bolan avait à faire à l'intérieur de la villa.

Il s'empara d'un fauteuil de jardin en fer forgé, le précipita contre la baie vitrée du rez-de-chaussée qui éclata avec fracas, il plongea à travers l'ouverture tandis que la fusée explosait brillamment en plein ciel. Il effectua un roulé-boulé sur la moquette, se redressa contre le mur de l'autre côté de la salle. Il perdit la radio pendant son déplacement acrobatique mais gagna quelques précieuses secondes.

Deux hommes partageaient la salle avec lui. Apparemment ils s'étaient trouvés sur des tabourets près de la baie vitrée lorsque le fauteuil avait fait irruption. Ou bien le fauteuil les avait renversés ou peut-être leurs réactions paniquées les avaient poussés à se renverser l'un l'autre. Ils proféraient des grognements excités, essayaient de se dégager les jambes empêtrées dans les tabourets, de retrouver leur équilibre, de viser l'intrus.

Mais Bolan, lui, n'avait jamais perdu son équilibre.

Il s'accroupit contre le mur de l'autre côté de la salle, le Beretta tendu, prêt à faire feu.

Les deux hommes se découpèrent en silhouettes précises contre la luminosité de la torche puissante qui descendait dehors. Ils se trouvaient encore sur les genoux, essayaient de lever leur fusil.

Le Beretta toussa une fois puis une autre, deux languettes de flamme jaillirent du canon, deux Parabellum trouvèrent leur cible, déchiquetant chair et os.

Les gardes moururent à genoux, s'affaissèrent sur l'amoncèlement de verre brisé sous la fenêtre.

La lumière extérieure s'intensifiait de seconde en seconde. Le type avec un haut-parleur lançait des ordres aux gardiens de la rive, envoyait tel ou tel soldat dans un autre secteur.

Bolan ne put s'empêcher d'émettre un petit rire satisfait. Puis il repartit.

Dieu sait comment il allait se tirer de là. Il ferait face à ce problème ultérieurement. En attendant il avait autre chose à faire.

Il fallait à tout prix qu'il trouve ce qui se cachait au cœur de la villa, atteindre ce point vital. L'anéantir. Ensuite seulement il pourrait penser à sa propre survie.

CHAPITRE V

La chambre forte était une espèce de coffre blindé à toute épreuve. Une fois les verrous fermés de l'intérieur, il n'y avait aucun moyen d'y entrer à moins de persuader les occupants, grâce à l'interphone, d'ouvrir la porte. La chambre était équipée d'un groupe électrogène faisant marcher l'air conditionné, de vivres, presque toutes les nécessités vitales. Un homme pouvait s'y tenir pendant un bon bout de temps.

Les derniers à quitter la chambre étaient Vincenti, Tony Quaso et Pete DiLani, le chef de Northside.

— Qu'est-ce qui se passe dehors ? grinça Vincenti en voyant entrer Charley Fever.

Son homme de main était un peu hors

d'haleine, ses yeux révélaient son excitation. Il reverrouilla la porte blindée.

— Je crois que c'est Bolan, Sal.

— Tu parles ! hurla le capo. Pourquoi pas une division des US Marines ?

— La baraque s'effondre, marmonna DiLani. On devrait foutre le camp.

— J'suis de ton avis, Pete, annonça d'une voix sombre Charley Fever.

— Attendez ! Attendez ! cracha Crazy Sal.

Déjà en proie à une de ses crises de rage, il donna un grand coup de pied dans le mur, lança son cigare à travers la pièce.

— C'est une descente, c'est tout ! Ces enculés de flics, voilà tout ! C'est de la hargne, de la persécution ! Je vais me le trouver celui qui a donné l'ordre et je vais lui clouer les couilles sur la porte de l'hôtel de ville ! Je ferai lever son slip en guise de bannière étoilée ! Ces putains de mes couilles de mecs de Grosse-Pointe, ils...

Charley Fever s'était immédiatement approché de lui et l'avait pris par le bras.

— Sal, je te dis que c'est Mack Bolan, fit-il calmement, interrompant courageusement la diatribe de son maître. Il est là dehors, il nous canarde avec des rockets, des missiles. Il a tiré des fusées éclairantes dans le jardin. Il veut raser le club. Il a déjà fait la même chose ailleurs — il recommence, voilà. Il faut partir.

— C'est juste, il a raison, ajouta Quaso. C'est comme ça qu'il fait, ce type. Il n'en a rien à foutre de ce qu'il te balance à travers la gueule. Vous auriez dû voir ce que j'ai vu moi, quand j'étais au Texas la semaine dernière. Je vous dis que...

— Ta gueule, Tony ! cracha Vincenti.

— Oui, Sal, mais...

— Il faut partir maintenant, insista Charley Fever. Où sont les autres ?

Vicenti fixait méchamment son nouveau cigare, tirant comme un fou dessus, les joues gonflées d'air.

— Ils ont pris le souterrain, dit DiLani.

Charley Fever opina.

— C'est ce qu'ils avaient de mieux à faire.

Il examina son patron, jaugea son esprit, sa tension émotive.

— Sal, c'est ce qu'il faut faire aussi.

— D'accord, d'accord, ronchonna Vincenti.

Subitement il sourit, ajouta d'une voix plus aimable :

— Tu ne vas pas me faire buter, hein, Charley ?

Le grand tueur sourit, lui donna une tape amicale sur le bras.

— Que tout le monde reste groupé, fit-il. Tout est éteint.

Il ouvrit prudemment la porte, sortit le premier, une minuscule lampe de poche et un Colt 45 automatique dans les mains.

La fureur du chaos extérieur leur parvint plus facilement aux oreilles. Il y avait un véritable concert de sirènes et une symphonie de coups de klaxon. Ici et là un coup de feu isolé éclatait, et Charley Fever se demanda qui tirait sur qui. Le gros arc installé sur le toit brillait furieusement, son faisceau sautillant malhabilement d'un secteur du parc à un autre.

— Ça sent la fumée, marmonna Tony Quaso.

— Quelque chose est tombé sur le toit tout à l'heure, expliqua Charley Fever.

— C'est ce que je m'étais dit, murmura Vincenti à son garde du corps. Tu crois vraiment que c'est Bolan ?

— Oui, Sal, chuchota Charley Fever. O.K... Allons-y, tout le monde, restez près de moi.

Il précéda le groupe à travers la salle de conférences, ouvrit doucement la porte du bureau privé de Vincenti, y entra rapidement. Il y avait dans cette pièce une porte secrète, dissimulée derrière le bureau de Sal. Elle donnait sur un escalier en colimaçon qui menait directement à la cave, sans aucune issue au rez-de-chaussée. Il s'agissait d'un passage secret, aménagé pour des situations graves quand il faut abandonner le fortin aux mains de l'ennemi. Un tunnel reliait la cave à la rive du lac.

Cette voie avait peu servi mais s'était parfois avérée utile lorsque des visiteurs avaient accepté de venir voir le patron, à la seule condition de n'être pas confrontés avec ses employés.

Dès que Charley Fever eut posé le pied dans le bureau, son cœur fit un bond dans sa poitrine. Il était persuadé d'avoir vu s'éteindre derrière le bureau une lampe de poche.

Il claqua la porte au nez de Sal Vincenti d'un violent coup de pied, éteignant simultanément sa propre lampe, se lança sur le côté en tirant trois fois avec le gros 45. Les balles s'écrasèrent dans la bibliothèque au-dessus du bureau.

Une femme poussa un cri.

— Non ! Arrêtez ! Vous êtes fou !

La porte s'ouvrit de nouveau, Crazy Sal Vincenti entra en trombe, deux pistolets tendus à bout de bras.

— Attends, Sal ! hurla Charley Fever. C'est juste une pouffe !

— *Quelle* pouffe ? gronda Vincenti.

Charley Fever ralluma sa lampe de poche, fit quelques pas jusqu'au bureau de Vincenti, se pencha par-dessus, tendit le poing, ramena une chevelure blonde au bout de laquelle il y avait une jeune femme. Il la tira carrément par-dessus le bureau et la fit choir par terre à ses pieds. Elle chuta lourdement, rebondit un peu, cligna bêtement dans le faisceau de la lampe.

Tony Quaso se précipita dans la pièce, gémit :

— Oh, bon Dieu de merde ! Linda !

— Tu connais cette fille ? glapit Vincenti.

— Ouais, c'est ma... c'est Linda. Vous savez...

— Non, je ne sais pas ! Et je ne veux pas savoir ! Qu'est-ce qu'elle fout ici ?

— Mais, putain ! Je l'ai laissée dans la voiture. Elle devait rentrer avec... Linda ! qu'est-ce que tu fous ici ? Tu sais bien que tu n'as pas le droit de...

— J'avais envie de faire pipi, se lamenta la fille, toujours par terre. Ces imbéciles sont partis sans moi. Va les engueuler, eux, pas moi !

— Merde ! Merde ! Merde ! tonitrua Vincenti.

Il fit un pas menaçant vers la fille puis se transforma subitement en parfait gentleman, aida galamment celle-ci à se relever, lui épousseta les fesses avec sollicitude, termina le nettoyage sommaire avec une petite tape amicale.

— Il y a des chiottes dans tous les coins, ma petite. T'avais pas besoin de monter jusqu'ici. J'espère que tu n'avais pas l'intention de faire pipi dans un de mes tiroirs.

Charley Fever s'agita nerveusement.

— Sal, il faut partir.

Il lança un coup d'œil troublé vers Tony Quaso.

— Amène ta nana, Tony. On en reparlera plus tard.

Il passa derrière le bureau, actionna le mécanisme pour ouvrir la porte secrète, indiqua l'escalier à son maître.

— Sal ?

Vincenti fixait avec attention une petite lampe de poche sur la moquette, à moitié cachée sous le bureau. Un mouchoir entourait le verre, maintenu par un élastique.

— Oui, amène la nana, répéta-t-il à Tony Quaso.

Sal avait un sourcil levé en accent circonflexe, ce qui indiquait qu'il réfléchissait dur.

— On va l'emmener avec nous, conclut-il. Du moins, une partie du chemin.

Tony Quaso comprit aussitôt, ainsi que

les deux autres hommes. La fille avait voulu fouiller le bureau du patron. Maintenant elle connaîtrait le tunnel qui menait jusqu'au lac. C'était trop savoir. La pouffe de Tony devait faire connaissance avec le fond du lac.

Cette situation était particulièrement gênante pour un arriviste comme Tony Quaso.

— Je m'en chargerai, Sal, gronda-t-il d'une voix sinistre et venimeuse.

Il saisit la blonde par le bras, la poussa violemment dans la file indienne derrière Pete DiLani. La fille se laissa faire, défaite, la tête baissée. Quaso se plaça derrière elle et Charley Fever ferma la marche.

Une faible lueur éclairait la cage d'escalier. Vincenti s'arrêta à mi-escalier, se retourna, appela :

— Charley, qu'est-ce que c'est que cette lumière ?

— Sûrement une lanterne. Quelqu'un aura oublié de l'éteindre. Ne t'en fais pas, Sal.

— Tout de même. Je ne veux pas me laisser surprendre. Pete, mets-toi sur le côté, laisse passer le type avec la pouffe. Qu'il se mette devant nous.

Quaso poussa un soupir contrit en s'entendant qualifier de « type ». Il donna un léger coup de genou à la fille et ils se glissèrent devant les autres.

Vincenti fit passer DiLani puis le suivit à quelques pas en arrière. Charley Fever resta derrière tout le monde.

— Ça ira, Sal, dit-il doucement.

— Bien sûr, répondit Vincenti sur le même ton.

Ils arrivèrent dans la cave et se dirigèrent vers le mur est, toujours en file indienne, Tony Quaso et la fille en tête.

Une lanterne était accrochée au mur le plus éloigné, elle lançait un rai de lumière qui tombait à peu près au centre de la cave.

Lorsque Charley Fever quitta la cage d'escalier, une ombre floue, indéfinissable, traversa vivement la zone éclairée où se trouvaient la fille et Quaso.

La blonde tangua violemment, disparut dans l'ombre sur le côté, poussée avec force.

Un crachat de flamme se confondit avec les feux de la lanterne puis la tête de Quaso subit une horrible transformation. Elle éclata et toutes sortes de matières giclèrent autour.

Pete DiLani réagit en sautant malhabilement en arrière, déséquilibré par son élan, terrifié, plongeant la main à l'intérieur de son veston. Sa gorge subit le même sort que la tête de Quaso. Charley Fever vit un morceau de plomb aplati jaillir de sa bouche, emportant dents, gencives et mâchoire dans un jet de vomi rouge.

Sal Vincenti tournoyait sur lui-même comme un derviche, tirant stupidement vers le sol des deux pistolets à la fois. Il encaissa dans le dos, près de l'épaule. Cette fois Charley Fever entendit la toux sifflante d'un silencieux. Pourtant les balles arrivaient avec un énorme impact, chose rare lorsqu'on utilisait un silencieux.

Sans penser consciemment à ce qu'il faisait, il plongea au sol, roula vers Sal pour placer son propre corps entre les projectiles et le vieux blessé.

Il tira une fois d'instinct, mais se rendit aussitôt compte qu'il ne savait pas sur quoi tirer. Puis il eut l'impression d'avoir été frappé dans le biceps avec une masse. Mis à part le coup qui l'avait secoué dans tout son être, il ne sentait rien, sinon une chaude moiteur et une sensation d'affaiblissement progressif. Le Colt tomba de ses doigts inertes, claqua sur le sol.

Hagard, presque aveugle, il se traîna à genoux jusqu'à Sal, passa le bras valide sous son corps. Le vieil homme était conscient, ses yeux terrifiés semblaient dire : « Aide-moi, Charley, aide-moi... »

Une ombre passa devant la lanterne, s'immobilisa.

Charley Fever murmura :

— Ça ira, Sal.

Il leva enfin les yeux, peut-être avec méfiance, plus tard il ne put se rappeler quel avait été son sentiment. C'était bien le type en question. Il était vêtu d'une combinaison en caoutchouc noir comme un homme grenouille, le visage et les mains noircis aussi. Tout était noir chez lui, même son affreux pistolet avec le gros silencieux bulbeux. Des bandoulières lui bardaient la poitrine, chargées de grenades, d'explosifs, de munitions. Il devait porter cinquante kilos de munitions mais cela ne semblait pas le gêner le moins du monde. Grand, très grand, puissant, il faisait penser à une panthère, avec ses larges épaules musclées et ses hanches étroites.

Pis encore, les yeux, qui semblaient brûler avec tous les feux de l'enfer.

Charley Fever s'adressa à l'Exécuteur avec un tel calme, qu'il s'en étonna lui-même :

— J'emmène Sal là-haut.

— Alors vas-y, dit le grand type dont la voix glaciale était aussi intimidante que le regard.

Charley Fever parvint à grand-peine à

hisser le vieux Sal sur son épaule valide, monta les marches en trébuchant, s'attendant à recevoir d'une seconde à l'autre un deuxième coup de masse, dans le dos ou dans la nuque.

Il avait grimpé la moitié de l'escalier lorsqu'il se rendit enfin compte qu'il n'en recevrait pas, il eut du mal à comprendre. Pourquoi ce type ne lui avait-il pas tiré dessus une seconde fois ? Pourquoi, hein ? *Alors, vas-y.* Il l'avait laissé repartir. Pourquoi ? La question restait sans réponse dans son esprit mais il comprit qu'elle ne le quitterait pas de sitôt.

D'ailleurs à cet instant même Bolan non plus n'aurait pu y répondre. Seulement il ne se la posait pas. Il aidait la jeune femme blonde à se remettre sur ses pieds. Elle lui lança un regard furibond.

— Salaud ! Mack ! Salaud ! s'écria-t-elle en retenant ses larmes. Est-ce que tu sais combien de temps j'ai consacré à cette opération ? J'allais arriver au bout de l'affaire, j'étais à ça d'y arriver.

— J'étais en haut de l'escalier, Toby, j'ai tout entendu. Tu étais à ça du fond du lac.

— Merde, merde, merde ! fulmina-t-elle rageusement.

Le monde est petit et le monde criminel est plus petit encore. La blonde s'appelait

Toby Ranger. Il l'avait connue au cours de la bataille de Las Vegas. Il s'était avéré alors que Toby était l'agent fédéral le plus séduisant de tous les Etats-Unis.

CHAPITRE VI

Bolan avait connu Toby Ranger à Las Vegas lorsqu'il se trouvait au plus fort du combat. Elle était alors le chef d'un groupe de chanteuses-danseuses, les Ranger Sisters. Quatre filles superbes, les plus belles du *Strip*, et leur numéro était extraordinaire. Leur beauté et leur talent auraient pu leur faire connaître la gloire et la magie du vedettariat mais les filles étaient préoccupées par tout autre chose. Bolan ne s'en rendit compte que pendant les derniers instants de son séjour au Nevada, et il avait cru ne jamais les revoir. Mais Toby Ranger lui avait lancé :

— On se retrouvera...

Elle avait eu raison. Petit univers que

celui des criminels. Mais Bolan n'était plus exactement le même ; depuis Las Vegas il avait trop vécu, trop vu et trop tué.

Au cours de sa longue route sanglante des amis étaient apparus puis avaient disparu. Certains trépassaient, d'autres s'éloignaient prudemment de l'homme qui semait la mort partout où il allait. Un ou deux hommes, Leo Turrin et Hal Brognola par exemple, semblaient être liés aux destinées de l'Exécuteur. Par bonheur ils avaient survécu à cette association. D'autres, moins chanceux, avaient péri.

C'était le second groupe d'amis qui préoccupait davantage Mack Bolan. Après tout il ne vivait pas seulement pour supprimer, pour exécuter ; il y avait aussi des instants d'humanité et d'amitié qui comptaient énormément. A cet instant l'amitié devait prévaloir.

L'attaque de la villa devait être abandonnée.

Peut-être ne retrouverait-il jamais l'occasion de raser le Yacht Club et cela lui coûtait de prendre cette décision. Mais pas au point d'oublier sa propre réalité ni celle de Toby Ranger. De plus il l'avait compris dès qu'il avait reconnu la jolie blonde qui partait à la mort au fond du lac. Elle qui avait abandonné tout bon sens pour lui venir en aide au moment crucial de la bataille de Las Vegas ; elle qui lui avait sauvé la vie au risque de la sienne. Il n'y avait pas une décision à prendre, il n'y avait qu'à agir en accord avec lui-même.

Il laissa tomber une médaille de tireur d'élite sur le visage déchiqueté de Pete DiLani puis saisit la blonde du FBI par le bras.

Ils trouvèrent le tunnel, l'empruntèrent, en sortirent pour trouver la confusion qui régnait dans la marina tandis que les premières voitures de patrouille apparaissaient dans l'allée circulaire du parc, près de la villa.

Une voiture était équipée d'un haut-parleur sur le toit. Une voix autoritaire suggérait à tous de laisser tomber leur arme et de lever les bras. Un bateau s'éloignait de la rive avec beaucoup de monde à bord. Bolan reconnut la vedette qui lui avait donné la chasse un peu plus tôt.

Quelques mafiosi avaient été délaissés sur le quai ; ils manifestaient ouvertement leur mécontentement et injuriaient presque les deux gardes responsables de ce secteur. Les propos des *amici* n'avaient rien d'amical.

Apparemment les hommes de la ligne de défense de la rive avaient été convoqués dans la villa ou attirés par les coups de feu.

Il faudrait que l'Exécuteur et son amie partent discrètement, sur la pointe des pieds. Peut-être n'y aurait-il pas plus d'un ou deux gardes pour leur barrer la route, ce qui était déjà suffisamment dangereux. Ils pouvaient encore y laisser leur peau.

— Tes copains en bleu semblent avoir repris la situation en main, dit Bolan à la fille. Va les retrouver si tu veux.

Elle secoua la tête.

— Non, ça compromettrait tout. Je te suis, Mack.

Il lui prit la main, et sans le savoir, il entama un parcours qui serait un des plus longs et des plus sanglants de son existence.

La villa sur les rives du lac Saint-Clair avait obtenu un sursis mais Detroit allait payer cher cette clémence. Très cher.

CHAPITRE VII

Le « Sons of Columbus Yacht Club » ressemblait à une zone sinistrée. Des voitures de patrouille dont le gyrophare jetait une lumière rythmée entouraient la villa. Des ambulances s'étaient garées près de la terrasse, et les infirmiers les chargeaient de corps.

Un camion citerne des pompiers était rangé juste à l'intérieur de l'enceinte, abandonné momentanément. Plusieurs pompiers se trouvaient sur le toit de la villa, arrachaient les quelques bardeaux enflammés qui restaient, les jetaient sur l'herbe en bas.

Sur la pelouse au nord il y avait une rangée, sans cesse croissante, de cadavres sous linceul. Toute assistance médicale était bien entendu inutile mais les policiers voulaient se rendre compte du nombre des tués. Un policier en civil parcourait la rangée, soulevait un linceul après l'autre, examinait attentivement les visages exposés.

Il se redressa subitement, fit arrêter les deux infirmiers qui portaient un brancard vers une ambulance.

— Qui t'a tiré dessus, Favorini ? demanda-t-il.

Charley Fever surmonta sa douleur pour dévisager le détective en silence puis demanda :

— Comment va Sal ?

— Ils lui font une transfusion, répondit le flic. Il s'en tirera sans doute. Maintenant réponds à ma question. Qui t'a tiré dessus ?

— Le type n'a pas laissé de carte de visite, Holzer, fit Charley Fever en détournant la tête avec une grimace de souffrance.

Le flic grogna, les infirmiers s'éloignèrent. Il n'avait pas besoin qu'on lui donne un nom. Le désastre qui l'entourait équivalait à une carte de visite gravée au sang. D'ailleurs, un officier en uniforme accourut et lui tendit une seconde carte de visite.

— J'ai trouvé ça sur un corps dans la cave, lieutenant, fit le policier en tendant une médaille de tireur d'élite couverte de sang coagulé. Il y a encore deux morts en bas. Probablement Pete DiLani et Tony Quaso mais vu leur état je crois qu'il vaudrait mieux relever les empreintes digitales.

— Dans la tête aussi, commenta Holzer.

— Oui, monsieur, confirma le policier. Les balles étaient des dumdums.

Evidemment. Ce type n'avait pas besoin de présentations.

L'enfer s'était enrichi d'âmes cette nuit. John Holzer ne doutait pas une seconde de l'identité de l'homme qui en était responsable. Il plaça la petite médaille dans une enveloppe.

Le policier s'éloigna laissant seul le détective qui passa en revue les diverses preuves du passage de Mack Bolan.

Sans aucun doute cet homme méritait sa réputation. Ce n'était pas un secret que le club était mieux gardé qu'un pénitencier fédéral. Les défenses du club étaient exceptionnelles. Pourtant un homme avait traversé les lignes et massacré les défenseurs.

Il ne fignolait pas, non plus, il ne faisait rien pour cacher son identité. Il tenait même qu'on sache que c'était lui le coupable. Ces petites croix en métal étaient sa signature, son autographe. C'était en quelque sorte chaque fois un aveu. Aussi était-ce facile de lier les événements entre eux, d'en saisir l'enchaînement logique.

Le type arrive en bateau. Il jette l'ancre au vu et au su de tout le monde et commence à canarder les défenseurs du club avec une immense carabine. Dans le noir et à trois cents mètres, il troue trois crânes.

Il débarque, Dieu sait comment, face à cinquante types armés jusqu'aux dents sur la plage, mais il réussit et vient équipé de tout un arsenal. Cela avait été confirmé par Billy Castelano qui reconnut en tremblant qu'il avait eu plus de chance que ses confrères. Castelano avait été retrouvé assis sur le gazon, figé de terreur, une médaille de tireur d'élite dans la main. Il gémissait des mots incohérents. Tandis qu'un infirmier lui avait recousu le cuir chevelu il avait babillé au sujet d'une apparition bardée de grenades et de munitions.

Holzer savait que Mack Bolan n'était pas une apparition, qu'il ne venait pas de l'au-delà, qu'il ne possédait aucun pouvoir surnaturel, mais c'était un étonnant personnage tout de même. Les policiers avaient retrouvé le garde mort adossé contre le tronc d'arbre. Holzer avait fait instinctivement le trajet qui avait mené Bolan jusqu'à l'arbre, mais en sens inverse, et il avait trouvé l'endroit où Bolan avait quitté les eaux du lac. Quelques minutes plus tard d'autres policiers avaient trouvé sous des buissons le sac insubmersible qui contenait la Weatherby 460 et des notes sur les trajectoires de tir. C'étaient des preuves qui confirmaient la théorie de Holzer au sujet d'une grosse carabine.

Non, Bolan n'était pas un être surnaturel, c'était un surhomme militaire.

La carabine était équipée d'un système de visée nocturne ultra-sophistiquée. Holzer examina les notes de technicien et comprit que Bolan avait encore amélioré le Startron.

L'arme elle-même était l'outil de travail d'un grand professionnel. Holzer ressentit immédiatement du respect et de l'admiration pour ce proscrit volontaire et décidé, qui avait violé toutes les lois connues de l'homme.

Mais personne ne lui avait dit qu'il fallait haïr Bolan, et au fond de lui-même il l'enviait. Il se rendit subitement compte des progrès qu'il pourrait faire si seulement il pouvait passer outre les règles de la bureaucratie officielle, prendre une arme et traquer ces mafiosi...

Hélas, il ne le pouvait pas.

Il retourna à son véhicule d'un pas lourd, y monta, poussa un soupir, brancha la radio.

— Ici Hôtel Un, annonça-t-il à la centrale. Code alerte métropole. Passez-moi la centrale à Detroit. Et branchez le bureau fédéral pour transmission tripartite.

— Restez à l'écoute, Hôtel Un, lui répondit-on immédiatement.

Il regarda, en attendant, fasciné, la rangée de morts qui ne cessait d'augmenter.

« Restez à l'écoute », maugréa Holzer.

Il attendit encore quelques minutes et passa ce temps à réfléchir, jurant doucement pour lui-même. Finalement on lui passa la communication et il donna l'alerte spéciale qui était devenue standard dans toutes les préfectures des Etats-Unis lorsque Mack Bolan faisait une apparition.

Le chasseur devint gibier.

Cette fois aucune démarche administrative, ni formulaires à remplir en six exemplaires ni respect de la légalité ne viendraient ralentir l'action des policiers de Detroit.

Consigne : Tirez à vue !

CHAPITRE VIII

Toby avait du mal à se l'avouer mais elle se sentait plus en sécurité avec Bolan. Il était solide comme un roc ; se rallier à ses adversaires n'avait pas de sens. Toby avait besoin de quelqu'un à cet instant, elle avait besoin d'un contact humain.

De quelques pas en arrière elle le vit disposer rapidement du garde qui se trouvait dans le secteur sud, puis elle courut à ses côtés des kilomètres durant. Elle ne pouvait pas lui parler au cours du trajet, et les mots étaient inutiles entre eux. Il lui lançait un coup d'œil rassurant de temps à autre puis attendait qu'elle le rattrape lorsqu'elle devait s'arrêter pour rechausser les escarpins ridicules qu'elle perdait continuellement.

Elle commençait à croire qu'il allait lui faire parcourir la route à pied jusqu'à Detroit, mais enfin il bifurqua sur la droite, quittant la rive pour les terres intérieures. Plus tard il pénétra dans le parc d'une grande villa. La maison semblait déserte. Il y avait caché une voiture et elle eut tout loisir de le regarder faire, d'observer les précautions qu'il prenait.

Il l'obligea à s'allonger par terre près d'un buisson piquant, lui intima de n'en pas bouger et disparut. Un moment elle put le suivre des yeux puis il s'éclipsa Dieu sait où. Il ne faisait pas nuit noire. Elle commença à s'inquiéter, à trouver le temps long. Puis elle crut le reconnaître un bref instant près de la route et comprit ce qu'il faisait.

En termes militaires, il reconnaissait le terrain.

Pour Mack Bolan il s'agissait d'une simple précaution, mais vitale.

Il réapparut auprès d'elle peu de temps après, lui fit un large sourire rassurant, l'emmena jusqu'à la voiture.

Il lui ouvrit la portière puis passa derrière le véhicule, ouvrit le coffre.

Elle l'entendit ranger tout son arsenal portatif et se rendit compte du poids qu'il avait porté pendant leur course, tandis qu'elle commençait juste à retrouver son souffle. Pourtant elle était très en forme. Quelle était donc la forme de Mack Bolan ?

Elle le vit une seconde dans le rétroviseur, torse nu, et la vue des muscles souples répondit à sa question, lui apprit aussi qu'il se changeait. Elle dévia le rétroviseur afin de réparer les dégâts que les événements avaient fait à son maquillage, essaya d'oublier la vision du corps dévêtu de Bolan. Quelle idiote de s'émouvoir à un moment pareil à la vue d'un homme nu ! Surtout celui-là !

« Ne fais pas l'imbécile, Toby, se dit-elle. Un monde nous sépare. Bolan est traqué, un homme marqué par un destin tragique, et dont le seul impératif est la survie. Ne te fais pas d'idées à son sujet, il finira sa vie en enfer... »

Il se glissa auprès d'elle sur la banquette, sa seule présence balayant les récriminations qu'elle s'était faites. Il avait enfilé un pantalon et une chemise de sport de couleurs sombres. Il s'essuyait toujours le visage avec une serviette qu'il avait enroulée autour du cou, retirait les dernières traces du maquillage noir.

— Laisse-moi faire ça, lui dit-elle.

Il lui lança la serviette, mit la voiture en marche, s'engagea doucement sur Lake Shore Drive et prit la direction du sud. Elle s'agenouilla sur la banquette, se pencha contre lui, frotta doucement son visage de granit.

— J'ai passé une soirée charmante, fit-elle, faussement désinvolte. Chez vous ou chez moi ?

Il lui lança un regard neutre, dit :

— Je peux te déposer n'importe où.

Elle ne répondit rien pendant un instant, s'attaquant plutôt à son front qui paraissait plus difficile à décaper. Il lui fallut, bien entendu, tenir sa tête pendant qu'elle œuvrait, la presser contre sa poitrine. Découvrant un endroit propre sur son front elle y planta un petit baiser puis encore quelques-uns sur son visage.

— Merci, fit-elle. Je l'avoue, j'étais en mauvaise posture là-bas. Merci.

— Laisse tomber, gronda-t-il.

Elle lui jeta la serviette.

— Bon, d'accord, je t'ai empêché de continuer ton travail ce soir. Mais je ne t'avais rien demandé. Pourquoi es-tu toujours aussi grognon avec moi, Mack ?

Il s'efforça de lui sourire et sa voix se radoucit.

— Désolé, Toby. Je n'ai rien contre toi. Ce n'est pas personnel.

Non, ce n'était jamais personnel avec les professionnels comme lui, et elle en avait ras le bol, elle avait envie de hurler.

Elle s'éloigna sur la banquette, s'adossa contre la portière en murmurant :

— Ta vie est pourrie, Mack.

— Pas la mienne, la nôtre.

Il ne lui en fallut pas davantage, c'en était trop, et elle fondit en larmes. Sans cris, en silence, humiliée par les larmes muettes et les soupirs haletants, impuissante à refouler ses pleurs. Bolan tendit la main vers elle, mais elle la balaya d'une tape. Il la saisit alors, l'attira contre lui, la tint comme ça, la tête sur sa poitrine.

— Fumier, Bolan, s'écria-t-elle avant de se laisser aller au réconfort qu'il lui donnait.

— Vas-y, dit-il doucement, laisse faire.

— Tu parles ! Je suis flic, moi. Combien de flics as-tu consolés dans ta vie ?

— Les hommes pleurent aussi, Toby.

Ce n'était pas impersonnel mais une calme affirmation d'égalité et un aveu. Mack Bolan était un homme. Toby le comprit subitement, cessa de pleurer, resta contre lui.

Ils continuèrent le trajet en silence, pendant un long moment. Finalement ils s'arrêtèrent devant un immeuble résidentiel moderne au nord de la ville. Ils descendirent dans le garage, rangèrent la voiture et prirent ensemble l'ascenseur jusqu'au douzième étage. Bolan la fit entrer dans un bel appartement meublé qui disposait d'une vue sur toute la ville.

— Qui as-tu tué pour obtenir cet appartement ? fit-elle.

— Je l'ai sous-loué pour une semaine. Je le paye très cher pour ne pas avoir à donner de renseignements.

Elle visita l'appartement d'un bout à l'autre, cherchant des indices qui lui apprendraient quel homme était vraiment Mack Bolan, mais elle se rendit vite compte qu'elle n'en trouverait pas. C'était le guerrier qui habitait là, pas l'homme.

De tous petits fils posés sur les portes et les fenêtres dévoilaient sa constante méfiance.

Il voyageait pour ainsi dire sans bagage, n'avait presque pas d'objets personnels. Quelques vêtements dans la penderie, et dans la salle de bains une brosse à dents, de la pâte dentifrice, un peigne, du savon et une serviette.

Dès son arrivée, il se rendit à la cuisine pour faire du café.

Elle le contempla un instant.

— Tu m'invites à passer la nuit ou quoi ?

Sans lever les yeux il lui dit :

— Je te le conseille.

— Pourquoi ?

— Parce que j'ai fait une connerie. J'ai laissé Charles Fever s'en aller, légèrement blessé. Il va se poser des questions à ton sujet. Et au mien. Il pourrait éventuellement comprendre.

Il leva enfin les yeux, la fixa d'un regard sérieux.

— Mais tu pourrais abandonner ton rôle de fille facile, remettre ton écusson, ça te mettrait peut-être à l'abri. Quoique je n'en sais rien, il pourrait quand même mettre ta tête à prix. Lui et les autres sont trop nerveux en ce moment pour bien réfléchir aux conséquences.

Elle mordilla pensivement sa lèvre inférieure.

— Je reste, décida-t-elle. Je te joue la salle de bains à pile ou face ?

— J'espérais en profiter en même temps, avoua-t-il en lui souriant vraiment pour la première fois de la nuit.

Elle s'adossa contre le mur, et l'air sévère elle croisa les bras. Pendant un long moment elle fixa le sol devant ses pieds.

— Que voulais-tu dire au juste ?

— Laisse tomber. Je te prenais pour un professionnel comme moi, c'est tout.

— Et alors ?

Il s'occupa de nouveau du café.

— Désolé. Oublie ce que j'ai dit.

— Non, tu as commencé à dire quelque chose, va jusqu'au bout.

— Vas-y toi-même, c'est toi le flic.

Elle rejeta sa chevelure blonde d'un mouvement de tête impatient, s'éloigna du mur, les bras toujours croisés.

— Quelle sorte de professionnels sommes-nous ?

Bolan souffla une bouffée de fumée de cigarette en direction de la cafetière, répéta :

— Oublie ce que je t'ai dit.

— C'est un coup bas, Mack. Tu me déçois.

— Je déçois beaucoup de monde, je survivrai.

— OK, je suis une professionnelle. Une pute qui porte un écusson de la police ? C'est ce que tu voulais dire ? Je couche avec cette ordure de Tony Quaso depuis plus d'un mois. Si tu crois que je vais m'excuser pour ça, tu te trompes.

Bolan la contempla paisiblement.

— Toby, en une seule semaine j'ai tué plus d'hommes que tu n'auras d'amants en toute une vie, et moi, je n'ai pas d'écusson. Ce n'est pas moi qui te jetterais la pierre.

Elle baissa les yeux.

— Merde, fit-elle doucement, et merde.

Il la regarda un moment puis laissa tomber le mégot dans l'évier.

— Ecoute, fit-il subitement, j'ai eu envie de prendre une douche avec toi, de te sentir contre moi. D'accord ? Deux êtres humains, un homme et une femme qui oublient la réalité pendant quelque temps. Quand j'ai parlé de professionnels, ça n'avait rien à voir avec les tueurs ni les putes. Seulement nous menons tous les deux une vie marginale. Il n'y a pas assez de temps pour faire la cour, ni danser jusqu'à l'aube, les yeux dans les yeux. Nous vivons en marge et nous aimons en marge. C'est tout ce que je voulais dire.

— Tu as bien dit « aimer » ?

— Oui, gronda-t-il, c'est un verbe dont je me souviens de temps à autre.

— Moi aussi. Tu m'aimes ?

— Ecoute, Toby, ce soir je pourrais tomber amoureux de la mère de Dracula... A qui tu ne ressembles absolument pas, bien entendu, ajouta-t-il quand il vit la tête qu'elle faisait.

Toby émit un petit rire.

— D'accord, Mack. Qui frottera le dos de l'autre d'abord ?

— On verra bien, fit-il.

Elle se sentit doucement soulevée, portée jusqu'à la salle de bains.

CHAPITRE IX

Il se réveilla à l'aube et se sentit bien dans sa peau, même s'il pensait que c'était peut-être la dernière fois qu'il verrait se lever le soleil.

La femme allongée près de lui, lui était devenue très précieuse. Il l'avait rencontrée dans des rôles différents, sous des couvertures ; chaque fois il l'avait respectée et appréciée. Après cette nuit, il avait l'impression de vraiment la connaître, autant qu'il était possible de connaitre quelqu'un. Ses sentiments pour elle étaient devenus très profonds.

Il la tira contre lui, claqua sa fesse arrondie.

— Dis, flic, réveille-toi, gronda-t-il.

— C'est ignoble de me faire ça, gémit-elle,

endormie. Tu n'as aucun respect pour le FBI.

— C'est l'heure de se lever.

Elle gloussa doucement.

— C'est pas ce que tu disais hier soir.

Il lui claqua de nouveau la fesse. Plus fort.

Elle poussa un petit cri strident, s'arc-bouta pour s'éloigner de lui, s'assit au bord du lit, les pieds posés sur la moquette.

— Pousse-moi, dit-elle, sinon je n'y arriverai pas.

— Où ?

— Dans la salle de bains. Tu n'y connais rien. Je me demande si un jour j'arriverai à remarcher normalement.

Bolan contempla son dos.

— Visiblement tu n'as rien de cassé.

Il lui donna une petite poussée avec le pied. Elle glissa du lit, tomba par terre, les jambes croisées, le toisa par-dessus l'épaule d'un regard désapprobateur.

— Tu as le réveil difficile, observa Bolan.

— Mack ?...

Elle se tourna vers lui, à genoux près du lit.

— Oui ?

— Merci.

— De rien. Pourquoi ?

— Pour hier. J'avais besoin de ça.

— Moi aussi, tu sais, dit-il.

— Et maintenant ? Tu comptes m'épouser ?

— Epouser un flic, moi ?

Elle rit doucement.

— Ça serait drôle, non ? Mais il faudra bien que j'épouse quelqu'un un jour.

— Ah bon ?

— Oui. Pour la première fois de ma vie je n'ai plus l'impression d'être vierge.

— A ce point ?

— Eh oui.

— Tu m'as dit une fois qu'on se retrouverait. Peut-être y aura-t-il encore une autre fois, un autre endroit.

— Si on laissait tomber ? Tous les deux. Si on fichait le camp en oubliant tout ?

— Tu penses que ce serait une solution ?

Elle leva la tête et le fixa.

— Pas pour toi, sûrement.

— Et pour toi ?

Elle haussa délicatement les épaules.

— Je ne sais plus. Je deviens comme ça de temps en temps, je ne comprends plus rien, Mack. Je ne sais plus de quoi il retourne. Ça t'arrive ?

— C'est un des dangers de notre vie. Mais ça passe.

— Mack...

— Oui ?

— Je ne suis pas en mission. Pas officiellement.

— Alors qu'est-ce que tu fais ?

— Je cherche Georgette.

— Qui ?

— Tu ne te souviens pas de Georgette Chableu ? La Canadienne qui...

Bolan se souvint d'elle immédiatement. Grande, brune, admirablement faite, elle avait fait partie des Ranger Sisters.

— Que lui est-il arrivé ?

— C'est ce que j'essayais d'apprendre. Logiquement je me dis qu'elle est morte mais je veux le savoir. Tu comprends ?

Bolan la comprenait très bien. Lorsqu'on vit en marge de la société on ressent plus profondément les choses, les joies comme les peines, et si un camarade y laisse sa peau on veut le savoir. Le doute est insupportable.

Il se leva du lit, aida la jeune femme à se lever aussi, l'entraîna dans la salle de bains où ils prirent de nouveau une douche ensemble. Mais ils y passèrent moins de temps. Plus tard il se rasa pendant qu'elle préparait le petit déjeuner. Une fois assis ils reprirent la conversation.

— Raconte-moi depuis le commencement, dit Bolan.

Elle grignota un bout de bacon.

— Bon, mais où ? A Toronto je crois, sa ville natale. Ils ont un problème à Toronto depuis un certain temps, insignifiant au début, terrifiant à présent. Les autorités canadiennes sont affolées. Des jeunes filles disparaissent. Des adolescentes à peine sorties du lycée. Toutes très jolies. Toutes faisaient vaguement partie du show-business.

— Vaguement ?

Toby fit une petite grimace.

— La plupart d'une façon honnête. Certaines d'entre elles avaient fait du porno mais les autres cherchaient réellement à percer dans le métier. Des filles qui avaient gagné des concours de beauté, des chanteuses, des danseuses nues. Elles voulaient prouver leur talent. Elles rêvent, quoi. Maintenant elles doivent vivre un cauchemar.

Bolan but une gorgée de café puis fixa sa tasse.

— La traite des blanches, hein ?

— C'est mon impression, mais ce n'est pas tout.

— L'esclavage ? cracha-t-il comme si ce mot lui avait donné un mauvais goût dans la bouche.

— Tu est poli. Deux des filles ont refait surface récemment. La première dans le caniveau d'une ville frontière mexicaine, près du Rio Grande. Elle était morte d'une over-dose d'héroïne. La seconde s'est jetée du dernier étage d'un palace à Acapulco.

— Du Canada au Mexique, marmonna Bolan.

— Ces deux-là, oui.

— Envoyer des prostituées au Mexique c'est l'équivalent d'envoyer des chaussures en Italie.

— La police de Toronto croit que le Mexique est une escale d'un circuit international, que c'est un grand marché et que les filles servent aux parties fines du jet-set. Les policiers le croient parce que ces filles étaient mieux que belles, elles étaient splendides.

— N'y aura-t-il donc jamais de fin ? demanda doucement Bolan d'une voix lasse.

— C'est comme ça, Mack, rétorqua sérieusement Toby. Les filles à vendre ont toujours bien marché. Pour en revenir aux policiers canadiens, ils pensent que les filles ont été appâtées avec des fausses promesses. Ce qui veut dire que les filles devaient être entraînées, endoctrinées. Tu connais la routine.

En effet, Bolan avait vu les effets de la terreur, du viol multiple, de la dégradation permanente, de la honte et des stupéfiants.

Si cela ne marchait pas, il y avait toujours le chantage et la menace d'envoyer aux familles des photos pornographiques.

Toby continua :

— Georgette a un ami qui est un gros ponte dans la police à Toronto. Je ne connais pas tous les détails de l'affaire, mais je sais qu'il y a eu une correspondance entre Toronto et notre bureau à Washington. Elle a obtenu un ordre de mission après s'être portée volontaire. Au Canada elle s'est montrée et tu te souviens du talent qu'elle avait.

— Quand ? demanda Bolan.

— Il y a environ six semaines. Elle a accepté une place de danseuse nue dans une boîte assez louche. Elle a rencontré son correspondant quelques jours après avoir commencé. Elle lui a dit qu'on lui avait présenté Tony Quaso mais sous un autre nom. Il se faisait passer pour un imprésario new-yorkais, mais elle l'a reconnu aussitôt. Il lui a dit qu'il devait revenir le lendemain avec un autre imprésario pour voir son numéro. La police de Toronto la surveillait en permanence. Sa chambre était truffée de micros et deux policiers travaillaient dans le cabaret. Pourtant Georgette a disparu quelques heures après le rendez-vous avec son correspondant et personne ne l'a revue.

— Six semaines, gronda Bolan.

Toby rejeta sa crinière.

— J'ai laissé passer quelques semaines pour lui donner le temps de faire surface ou de compléter son travail. Ensuite j'ai demandé au bureau de me mettre sur l'affaire. On me l'a interdit formellement. Comme je n'avais pas pris de vacances depuis deux ans, j'ai cumulé.

Bolan soupira. La moitié de son petit déjeuner était resté oublié dans son assiette. Il alluma une cigarette, fixa le mur d'un air absent.

— Donc tu t'es fourrée avec Tony Quaso.

Elle acquiesça, fit une grimace.

— Je pensais que ce serait le moyen le plus rapide.

— Et qu'est-ce que tu as appris ?

— Pas grand-chose. J'arrivais tout près du but hier soir. Du moins j'ai retrouvé sa piste. Je crois qu'ils ont découvert qu'elle avait un rapport avec le FBI.

— Qu'est-ce qui te fait croire ça ?

— Mon expérience personnelle. Je suis entrée dans la boîte de nuit de Quaso dans Six Mile Road ici à Detroit et j'ai demandé un emploi. Le directeur m'a auditionnée puis m'a engagée sur-le-champ. A l'affiche j'étais Linda Lakemont mais sur les livres de comptes j'étais Linda Walters. J'étais là depuis trois jours lorsque Quaso est arrivé pendant le dernier numéro. Il m'a fait demander et je l'ai rejoint à sa table. Un barman a apporté les verres. C'est pourtant une boîte où il y a une serveuse pour trois tables. Ça m'a mise sur les nerfs, j'avais peur de boire mais je me suis exécutée. Ensuite le barman, toujours le même, est revenu desservir. Il s'est servi du vieux coup des doigts à l'intérieur du verre afin de conserver les empreintes digitales à l'extérieur.

— Tu crois qu'ils ont vérifié ton identité ?

— Je sais qu'ils l'ont fait. Dès que j'ai pu me libérer je me suis précipitée sur une ligne spéciale et j'ai appelé mon copain dans le bureau des empreintes. Il a programmé mes empreintes dans l'ordinateur sous le nom de Linda Williams, inculpée à Houston pour racolage et obscénité en public. Le lendemain un ami de Washington m'a prévenue que la demande était arrivée normalement par la voie policière. Ce n'est pas un secret que la Mafia possède des flics par milliers. Plus tard, lorsque nous étions devenus copains, Quaso a voulu crâner et m'a dévoilé mon passé sordide. J'ai boudé jusqu'à ce qu'il me dise comment il avait su. Il m'a avoué qu'ils avaient eu des ennuis avec une « nana » qui s'était cru maligne. Depuis ils faisaient attention.

— Il n'a pas essayé de cacher ses liens avec le milieu ?

— Tu parles ! Il s'en vantait, déclara Toby. Sais-tu combien de fois j'ai dû regarder *Le Parrain* ?

— Il ne se vantera plus en tout cas, dit Bolan. Alors j'ai gâché ton opération, j'en suis désolé.

— Ne le sois pas. J'avais déjà appris tout ce que je pouvais avec Tony Quaso. Mais je crois que la villa à Grosse-Pointe détient encore quelques secrets.

— C'est ton instinct ou as-tu appris encore autre chose ?

— Moitié moitié. Un soir Quaso et moi venions de nous coucher, il a reçu un coup de fil de quelqu'un à Toronto. Lui répondait par des oui et des non mais j'ai entendu quelques mots de l'autre type. Il s'agissait d'un nouvel envoi de viande, a-t-il dit, un matériel extra. Quaso a noté quelque chose sur un bloc-notes près du téléphone. Le lendemain la page avait été arrachée mais j'ai pu déchiffrer les impressions sur la page de dessous. Il y avait deux groupes de chiffres. 1492 et 630. 1492 ne te rappelle rien ?

— La découverte de l'Amérique par Christophe Colomb.

— Exactement. Et le « Sons of Columbus Yacht Club » se trouve tout à côté du Canada.

— OK, ça pourrait être intéressant.

— Tu parles !

Il poussa un soupir.

— Toby, tu as besoin d'aide.

— C'est une offre ?

— C'est un rendu.

— Comment ?

— Un prêté pour un rendu. La Canadienne m'a sauvé la vie à Las Vegas.

— Bon, je suppose que c'est une offre, fit-elle en l'examinant d'un regard perplexe. Je, je n'aurais jamais pu te le demander, Mack. Je sais combien de choses tu as à faire.

— Mais j'avais besoin de trouver une nouvelle tactique, Toby. Tu m'en donnes l'occasion.

— Alors ?

— On va attaquer à la source.

— Toronto ?

Il acquiesça d'un air sinistre.

— Tu as toujours ton permis de pilote ?

— Bien sûr.

— Tu ne pourras pas y aller en flic ?

— Mais je t'ai dit que j'étais en vacances.

— C'est moi qui commande. Tu feras exactement ce que je te dirai.

— C'est toi le patron, dit-elle sérieusement. Quand est-ce qu'on commence ?

— Dans cinq minutes !

Elle se pencha par-dessus la table, lui planta un gros baiser sur la bouche.

— Je serai prête.

CHAPITRE X

Toby passa d'abord un bref coup de fil à Toronto puis loua un petit Beechcraft monomoteur. Ils décollèrent de Detroit, mirent le cap au nord puis à l'est au-dessus du lac Huron et entrèrent dans l'espace aérien canadien.

Toby était un excellent pilote, un navigateur instinctif. Ils survolèrent la botte d'Ontario, arrivèrent à Toronto sans incident, se posèrent sur un petit terrain au bord du lac Ontario.

En quelques phrases Toby leur évita les formalités de la douane et ils partirent immédiatement en ville dans une voiture de location.

Bolan ne lui posa aucune question sur l'arrangement qu'elle avait fait avec la police canadienne, elle ne lui offrit aucune explication. Mais il se dit que Toby devait avoir des entrées grâce au gros ponte qui était l'ami de Georgette.

Ils arrivèrent devant une boîte louche qui se trouvait sur le quai du port, en fin de matinée. Suivant les indications de Bolan, Toby passa deux fois dans la rue puis arrêta la voiture devant *Simon's Grotto*, la boîte dont l'affiche proclamait « Girls, girls, girls ! » et qui recevait surtout une clientèle de marins.

Toby resta dans la voiture tandis que Bolan attaqua de front en douceur. Il portait un costume de couleur sombre et un col roulé. Le Beretta était dissimulé sous son aisselle gauche.

Simon's Grotto était un endroit obscur, plein d'odeurs discutables et vide de clients. Il y avait un étroit couloir au bout duquel une chaise séparait la boîte en deux parties les salles « Jour » et « Nuit ».

« Jour » se composait d'un long bar avec des tabourets tachés et quelques tables près du mur extérieur.

« Nuit » était une espèce de salon avec des tables basses écrasées les unes à côté des autres. A cette heure les chaises étaient posées sur les tables. Au bout de la salle il y avait une scène surélevée.

Dans la partie « Jour » il y avait une plus petite scène, qui se trouvait derrière le comptoir. Dessus il y avait quelques accessoires en osier et une affiche grandeur nature qui vantait les mérites et le charme d'une certaine Tootles Lafleur, et annonçait la présence de cette dernière à l'heure du déjeuner.

Bolan imaginait la scène. Tootles se déhanchant comme une folle et faisant ballotter ses seins devant un groupe de dockers tristes qui l'observaient d'un œil morne mais secrètement concupiscent, un sandwich et une bière à la main, fuyant ainsi l'horrible monotonie de leur vie.

Un homme au visage désabusé se tenait derrière le bar. Il accueillit Bolan d'un sourire indifférent, se déplaça comme un lion de mer mourant.

— On ne sert pas le déjeuner avant onze heures, proclama-t-il. Si vous voulez une bière, on a...

— Où est le patron ? gronda Bolan.

— Hein ?

Il cloua le grassouillet sur place avec un regard glacial.

— Le directeur, bon Dieu !

— Ah ! Il... heu...

— Dépêche-toi ! Detroit n'est pas la porte à côté.

— Ah oui, bien sûr, répondit le lion de mer, ravi de se rendre compte qu'il n'avait aucune responsabilité dans l'affaire.

— La porte là, tournez à gauche. Le bureau se trouve derrière la scène. Vous le trouverez.

Bolan repéra rapidement le bureau. Il se lança dans le couloir, fonçant jusqu'à la porte sur laquelle un écriteau indiquait « Mr Simon — Privé ».

Il envoya un gigantesque coup de pied dans le bois mince. La porte céda sous l'impact, des échardes voletèrent dans le bureau.

Deux hommes étaient assis devant une table qui se trouvait à l'autre bout de la pièce. Le premier entassait des billets de banque en liasses, le second comptait des pièces de monnaie. Ils s'arrêtèrent brusquement.

Se redressant, ils voulurent saisir leur arme. Le Beretta siffla deux fois. Un des hommes s'écroula lourdement, laissant derrière lui une tache obscène sur le papier peint, l'autre tomba sur le rebord de la table qui bascula sous son poids, répandant sur le sol les billets et la monnaie.

Un type d'une quarantaine d'années se trouvait derrière le petit bureau.

— Mon Dieu ! gémit-il. Oh, mon Dieu !

Mais il ne comptait sûrement pas sur un éventuel secours divin, car il leva tout de suite les bras en bégayant :

— J-je n-ne suis p-pas armé ! Attendez !

Bolan traversa la pièce, colla le canon encore chaud du Beretta au centre du front de Mr Simon.

— Attendez ! grinça l'homme. Prenez tout, je vous en fais cadeau ! Prenez !

Le regard de glace de Bolan se posa brièvement sur les liasses ensanglantées.

— Quoi, ça ? Je ne suis pas venu pour ça.

Il laissa le Beretta collé au front du directeur et fit tomber sur le bureau une médaille de tireur d'élite.

— Ramasse, commanda-t-il.

Simon s'exécuta puis laissa tomber la médaille, secoué par un frisson de terreur.

— Oh, non ! Mon Dieu, mais je ne suis pas... Non ! Vous vous trompez, je ne fais pas partie de la Mafia !

— A peine ! cracha Bolan.

— Je vous le jure ! Je peux vous le prouver, tenez ! Je coopérerai avec vous, dites-moi ce que vous voulez !

— Les filles, dit froidement Bolan. Où vont-elles et à quel prix ? Combien vaut une fille, Simon ? Et que veux dire 1492 ?

— Quoi ? Comment ? Hé, dites, moi je ne suis qu'un fournisseur, c'est tout... Après ça je ne sais pas ce qu'ils en font. Juré !

Bolan accentua la pression sur le front de Mr Simon qui commençait à ressembler à un homme affligé d'un monstrueux torticolis. Il fixait le plafond d'un regard de supplicié.

— Tu ferais bien de trouver autre chose à me dire que ça, Simon, lui conseilla Bolan.

— Mais je ne sais pas moi ! Dites-moi ce que vous voulez savoir !

— Je voulais une des filles, mais c'est trop tard maintenant, elle est morte. Je ne fais pas de marché pour un cadavre.

— Mais attendez, attendez ! Quelle fille était-ce ?

Bolan sortit une photo de Georgette et la tint devant les yeux exorbités de Mr Simon. Celui-ci parut défaillir encore davantage, murmura :

— Celle-*là ?*

— Celle-là.

— Mais je ne crois pas qu'elle soit morte, marmonna avec difficulté Mr Simon. Ecoutez, parlons-en, hein. Soyons raisonnables. J'aimerais bien vous aider mais je ne le pourrai pas si vous me tuez.

Bolan resta muet un instant puis retira le canon du Beretta qui avait laissé un cercle rouge dans la peau du tenancier.

— Tu viens de t'acheter dix secondes.

— Mais qu'est-ce que je peux vous dire en dix secondes ?

— Plus que cinq.

Les yeux de l'homme manquèrent de se révulser, et il s'écria :

— Ils l'ont démasquée !

— Précise !

— Cette fille est un flic ! C'est pas ma faute, ça ! Je n'y peux rien ! Moi je ne suis qu'un fournisseur !

— Tant pis, fit Bolan en appliquant de nouveau le canon de son pistolet contre le front de Mr Simon.

Il poussa un hurlement de terreur et se mit à glapir :

— Elle n'est pas morte, elle n'est pas morte...

Il se mit à baver. La salive coula sur son menton et une veine se mit à pulser rapidement le long de son cou.

Bolan lui donna un répit. Ce n'était pas le moment de lui faire avoir une crise cardiaque.

— Bon, fit-il. Je te donne encore dix secondes.

— Oh, mon Dieu ! Merci, monsieur, merci. Dites, je vous dis la vérité, je veux vous aider...

Bolan ne le crut pas entièrement : il savait trop bien qu'un homme se croyant voué à une mort certaine dit n'importe quoi pour éviter son sort. Il fit un pas en arrière, rangea le Beretta. Mr Simon était à moitié évanoui et vacillait sur sa chaise, le regard dans le vague. Il baissa peu à peu la tête, reprit une position normale, jeta un rapide coup d'œil sur les cadavres qui jonchaient le sol près de la table renversée. Horrifié, il détourna aussitôt les yeux, regarda Bolan puis fixa ses propres mains qu'il avait posées sur la surface du bureau et dont les jointures étaient blanches, comme s'il s'était vidé de sa substance vitale.

— Je veux retrouver cette fille, Simon, annonça Bolan d'une voix calme. Maintenant je ne te donnerai plus de répit.

D'une voix rendue rauque par la peur, Simon lui dit :

— Je vais vous montrer tout ce que je peux. Je dois me lever. Je vais vous montrer.

Bolan le fit lever puis le maintint contre le rebord du bureau pour qu'il puisse retrouver l'usage de ses jambes. Il n'avait aucune compassion pour cet homme qui gagnait sa vie en vendant des jeunes filles à la Mafia. Il aurait tué mille hommes comme celui-ci si cela avait pu empêcher la vente d'une d'entre elles.

Il ne fit aucun effort pour cacher sa haine, son dégoût.

— Montre-moi, fit-il.

***

Toby commençait à s'énerver. Elle fixait l'entrée de *Simon's Grotto* lorsque Bolan sortit dans la rue par une porte dérobée qui se trouvait un peu plus bas sur les quais. Il regagna rapidement la voiture.

Se glissant près d'elle, il dit :

— Allons-y !

Elle démarra, lui demanda :

— Comment es-tu sorti de là ?

— Ces mecs ont une passion pour les passages souterrains.

Ils quittèrent le port et trouvèrent une large avenue. Enfin elle lui demanda :

— Alors ?

— J'ai obtenu ce que je cherchais, fit-il. Reprenons l'avion.

Il vit l'agitation mentale qui la torturait et ajouta :

— Il y a encore un peu d'espoir, Toby. Elle est peut-être encore en vie. Téléphone à ton ami de l'aéroport, dis-lui qu'il a fait surveiller la mauvaise porte. Ils évacuent les filles par la cave et par un passage souterrain qui mène jusqu'à un conduit d'eau.

La sortie se trouve à deux cents mètres à l'ouest de chez Simon. Ils emmènent les filles par ce conduit et retrouvent un bateau au large. Les importations suivent la même filière mais à l'envers.

Elle opina rapidement.

— Je le lui dirai, mais qu'as-tu appris au sujet de Georgette.

— Tu ne dois pas en parler, reprit-il. Pas avant que je te le dise. Le temps est un élément précieux, je ne veux pas que la police s'immisce dans cette affaire.

— Pense à Georgette, Mack !

— Il faut que tu me fasses confiance, Toby. Encore plus que je te fais confiance, moi. Quand...

— C'est ignoble ce que tu dis !

— Sans doute, fit Bolan, mais c'est comme ça. Je te dis qu'il y a de l'espoir, mais pour le reste il va falloir me faire confiance. Je fais tout ce qu'il faut, et tu devras coopérer en silence...

— C'est une attitude parfaitement immonde, ragea-t-elle.

Elle avait le droit d'être fâchée, car il faisait preuve d'une certaine cruauté. C'était indispensable. Toby était trop concernée par cette opération. Si elle connaissait les doutes qu'il entretenait au sujet de Georgette Chableu, il était concevable qu'elle perdrait toute mesure et foncerait dans le tas comme une bête enragée.

— Fais-moi confiance, dit-il doucement.

Les jointures de ses doigts étaient serrées et blanches sur le volant, sa mâchoire était résolument crispée.

— D'accord, mais tu as intérêt à être aussi fort qu'on le dit.

Il y eut quelques instants de silence durant lesquels Bolan souhaita vivement réussir. Enfin elle lui demanda :

— Tu as laissé des survivants derrière toi ?

— Tu plaisantes ? demanda Bolan d'une voix froide.

Il commença à tirer des liasses rougies de sang de ses poches, et ajouta :

— J'ai fait une mise en scène de braquage. En tout cas, il ne reste plus personne pour me contredire.

— Tu penses à tout, observa Toby d'une voix tendue.

« Espérons-le, se dit Bolan, espérons-le. »

perdrait toute sagesse et formerait dans [illegible] [illegible] [illegible].

— [illegible] [illegible] [illegible].

Les jointures de ses doigts étaient serrées et blanches sur le [illegible], sa mâchoire était résolument crispée.

— D'accord, mais qu'est-ce que [illegible] [illegible] tout ce qu'on te dit ?

Il y eut quelques instants de silence durant lesquels Bahm [illegible] [illegible] retenir. Puis elle lui demanda :

— Tu as laissé des survivants derrière toi ?

— Tu laisses les [illegible] demander [illegible] [illegible] [illegible].

[illegible] [illegible] [illegible] [illegible] [illegible] sang de [illegible] [illegible], [illegible].

— [illegible] [illegible] en [illegible] de [illegible] [illegible] [illegible] il ne reste plus [illegible] pour [illegible] [illegible].

— [illegible] [illegible] [illegible] [illegible] [illegible].

— [illegible] [illegible] [illegible] [illegible].

CHAPITRE XI

Il y avait une conférence à la préfecture de Detroit. Un inspecteur attaché au bureau du préfet avait été chargé de la coordination de l'action des divers services d'ordre contre Mack Bolan. Il s'appelait Jason Garvey et il avait été professeur à l'école de la police avant d'accepter son poste à la préfecture.

On avait désigné un spécialiste du crime organisé du bureau du procureur général à Lansing pour le seconder sur le plan exécutif. Des représentants de tous les districts étaient venus pour assister à la réunion et donner leur soutien inconditionnel à Garvey.

Une unité de contingence avait été formée et la direction de cette équipe avait été confiée au lieutenant John Holzer de Grosse-Pointe. Des délégués canadiens assistaient à la conférence, ainsi que plusieurs agents du F.B.I. Deux observateurs étaient venus, envoyés par le gouverneur.

On avait établi des réseaux spéciaux de communication ainsi que des plans d'action régionale.

L'assistant du préfet était passé afin de parler de Mack Bolan et de la situation qui était, disait-il, d'une extrême gravité.

Un officier de liaison du F.B.I. parla du *modus operandi* de Mack Bolan, ses habitudes et ses méthodes.

Il ajouta :

— Contrairement à ce que l'on entend parfois, le gouvernement n'a accordé aucun permis de port d'arme à Mack Bolan, et ne soutient, sous quelque forme que ce soit, la croisade illégale qu'il mène contre certains éléments de notre société. Le U.S. Department of Justice considère Bolan comme un fugitif au même titre que d'autres criminels. Les agents de police ne doivent pas accorder une quelconque importance au fait que Bolan n'a jamais tiré sur un policier et conclure qu'il ne le fera jamais. Récemment, au cours d'une conférence, des psychologues ont établi que le sujet est allé bien au-delà de l'endurance physique et morale d'un être humain. C'est un psychopathe qu'on doit aborder avec une extrême méfiance, car il a vraisemblablement perdu tout contrôle de lui-même. En clair, il est capable de n'importe quoi. Il est inconcevable de laisser en liberté un homme qui a des capacités destructives aussi terrifiantes.

Les policers dans leur majorité reconnurent immédiatement le discours pour ce qu'il était : un plaidoyer en faveur de la mort de Mack Bolan. Ce n'était pas un secret non plus que beaucoup d'agents étaient convaincus que Bolan était un bien pour la société, et qu'ils auraient détourné les yeux s'ils l'avaient reconnu dans la rue.

John Holzer avait sa propre idée du discours fédéral.

— Conneries, lâcha-t-il succinctement. En ce moment Bolan est l'homme le plus équilibré à Detroit. Dangereux oui, fou non. Si je disposais d'une douzaine de flics aussi sains d'esprit que lui, j'aurais toutes les chances de le cueillir.

Le plan général consistait à surveiller tous les criminels connus qui pourraient servir de cible à Bolan, et ils étaient nombreux dans la région. La police monterait un piège multiple dont les mâchoires se refermeraient sur Bolan dès que celui-ci se montrerait.

— Nous avons un atout, précisa Garvey. Nous connaissons presque toutes les cibles qu'il pourrait choisir, sinon toutes. En nous concentrant sur ces personnages nous limiterons l'étalement de nos forces et nous augmenterons nos chances d'avoir un contact avec le sujet. C'est un grand atout, ajouta-t-il d'un air satisfait.

— C'est une grande honte, murmura Holzer. Si on connaît tous les grands mafiosi, pourquoi sont-ils en liberté ?

— Les connaître est une chose, John, rétorqua un détective cynique qui se trouvait à ses côtés, les mettre en prison en est une autre. Moi j'ai abandonné il y a des années, lorsque Pimlico s'est fait taper sur les doigts par l'administration parce qu'il menait une croisade contre les mafiosi connus.

— Pimlico ne s'est pas fait taper sur les doigts par l'administration, s'indigna Holzer.

— Ah non ? Alors pourquoi a-t-il été muté à Lansing ? Il devrait encore se trouver à Detroit à l'heure qu'il est.

— Il a été promu, voilà tout.

— Combien d'inculpations a-t-il obtenues à Lansing ? demanda le détective.

— Plus qu'il n'en a obtenu ici, ça c'est sûr.

— On ne peut pas toucher à ces gens-là, John. Personne ne peut les toucher.

— Va le dire à Mack Bolan, cracha Holzer.

La conférence s'était enfin terminée et les policiers s'étaient retrouvés en petits groupes mettant au point les détails du plan général. Holzer quitta rageusement son groupe, sortit dans le couloir pour se calmer.

Tim Rossiter, un jeune sergent de son district, l'y attendait. Il s'approcha, la mine sérieuse, lui dit :

— Favorini a quitté l'hôpital de son propre chef à dix heures.

— Qui le file ?

— Powel et Chardan. Il est tout de suite rentré chez lui à Woods.

— Aucune activité encore ?

— Non, dit Rossiter. Seulement des coups de fil. Il rassemble ses hommes de main.

— Logique, dit Holzer. Faites-le surveiller par une équipe entière. Si jamais quelqu'un est capable de s'attaquer à Bolan, ce sera Charley Fever. Moi je serai obligé de tout contrôler par radio, Tim. On m'a refilé l'unité de contingence.

— Quelle contingence ?

— En cas de crise. Toutes les forces sont mobilisées. Tout l'effectif.

— C'est dégueulasse !

— A qui le dites-vous ? grimaça Holzer. Mais soyons justes, ils ont bien le droit d'avoir la trouille. Bolan a la manie de déclencher des choses inattendues. Ils ne veulent pas que la situation les dépasse, c'est tout.

— Mais c'est votre affaire, lieutenant, râla Rossiter. C'est votre district. Qu'est-ce qui leur prend de vous éloigner ?

— C'est l'affaire de tout le monde, précisa Holzer d'une voix rude. Et puis, ça me donne un peu de mobilité comme ça. Je pourrai aller fourrer mon nez partout.

Il annota sur un carnet plusieurs fréquences d'ondes, arracha la page et la tendit à Rossiter.

— Voici les nouvelles fréquences. Rentrez à Grosse-Pointe et faites-les brancher sur notre réseau de communications. Je vais passer les prochaines vingt-quatre heures ici ou dans ma voiture. Tenez-moi au courant de tout.

— Sans faute, fit le jeune sergent avec un sourire assez sombre.

Il s'éloigna d'un pas rapide.

Holzer alluma une cigarette, fit les cent

pas dans le couloir en la fumant jusqu'au bout puis rentra dans la salle de conférences.

Sa colère était passée. C'était normal après tout qu'un vieux détective devienne cynique. Il avait raison en plus, personne ne pouvait toucher à ces ordures.

Il n'y avait qu'un homme qui le pouvait, et il était venu à Detroit.

Pourtant maintenant on demandait aux flics de le descendre a vue, de l'abattre comme un chien enragé, comme s'il était un psychopathe en pleine crise de folie furieuse : lui, la seule arme efficace contre les mafiosi !

Il rentra dans la salle et découvrit un chaos. Saisissant un agent harassé par le bras, il lui demanda :

— Qu'est-ce qui se passe ?

— C'est encore ce type ! s'écria le flic qui n'en revenait apparemment pas. Il vient d'attaquer l'usine d'assemblement près de Willow Run !

Holzer jura tout bas, se dirigea rapidement jusqu'au bureau de contrôle. Les chefs d'équipe étaient rassemblés autour d'une console vidéo et regardaient le déploiement des troupes sur l'écran. Holzer demanda discrètement à un autre lieutenant :

— Quel est le score ?

— Lui quinze, nous zéro, gronda le type.

— Qu'est-ce qui est arrivé ?

— Personne n'en est vraiment sûr pour l'instant. Un directeur de chaîne de montage, un certain Kazini, était la cible. Personne ne sait comment Bolan est entré ni comment il est ressorti mais tout d'un coup Kasini s'est retrouvé suspendu à un crochet au-dessus du réservoir d'antirouille, et il gueulait comme un putois. Le service d'ordre interne est arrivé mais les ouvriers l'ont mis en déroute. Apparemment Bolan a passé une dizaine de minutes dans l'usine à parler aux ouvriers. Puis il a disparu.

— Et Kazini ? demanda Holzer.

— Ils l'ont descendu de son crochet, sain et sauf. Le service de sécurité de l'usine nous a contacté et a demandé qu'on envoie tout de suite la brigade des stups. Les ouvriers ont bloqué la chaîne d'assemblement et fait saisir toutes les voitures finies.

— Quoi ?

— Oui, gronda le flic, on dirait que c'était une filière de distribution. Pas mal, hein ? Combien de kilos d'héroïne peut-on cacher dans une voiture neuve, à ton avis ?

— Pour le Canada, murmura Holzer.

— Oui, un drôle de marché.

— Avant le passage de Bolan, commenta

Holzer en fronçant les sourcils. Qu'est-ce qu'on sait de lui ?

— Rien, on est arrivés trop tard. On établit des barrages en ce moment mais il était déjà loin quand on a reçu le rapport. Je ne sais pas, John, je ne comprends rien. Ce type semble éviter tous nos pièges.

Holzer se détourna, réprima un petit sourire.

Il y avait en ce monde une certaine justice après tout.

CHAPITRE XII

Commandant en second d'une famille de la Mafia dans le Massachusetts, Leo Turrin était l'agent du F.B.I. le mieux placé pour connaître tous les actes et toutes les intentions de la Mafia. Comme si cette double vie ne lui semblait pas suffisamment dangereuse, il était devenu le meilleur ami de Mack Bolan que les deux milieux de Turrin voulaient voir mort. Sa voix au téléphone était empreinte d'une extrême agitation.

— Ils préparent la mise à mort, sergent. Je partais lorsque tu as appelé. J'ai reçu l'ordre de la *Commissione* de filer jusqu'à Detroit dans un jet privé qu'on a mis à ma disposition. J'emmène vingt torpilles. Tu parles ! Je ne sais pas combien d'autres équipes sont en route, mais ça ne doit pas être de la tarte. Je dois faire escale à Buffalo pour prendre un second groupe.

— C'est logique, déclara calmement Bolan.

— Ça, c'est du côté Mafia, poursuivit Turrin. Toute la région autour de Detroit est en émoi. Les flics de cette ville sont très susceptibles lorsque ça barde dans la rue chez eux. Comme tu le sais, ils ont déjà eu pas mal d'ennuis, et ils n'apprécient pas le moins du monde les soucis supplémentaires que tu leur donnes. J'ai appelé Hal Brognola de bonne heure ce matin et...

— Où est-il ? Toujours au Texas ?

— Non, mais il y a laissé la plupart de ses troupes. Ils ramassent les miettes que tu as laissées derrière toi. Hal est de retour à Washington. Il m'a dit de te dire : « Arrête ! » Il va être obligé de charger son revolver avec de vraies balles si tu ne te planques pas. Il a dit qu'il fait beau en Argentine à cette époque.

— Il y fait toujours beau, marmonna Bolan, mais la guerre se passe ici, Leo.

— Oui. Mais il ne faut pas en vouloir à Hal, tu sais. C'est le grand bordel à Washington en ce moment. Le public n'a plus confiance en qui que ce soit. Quelqu'un de très haut placé veut vraiment ta mort.

A la rigueur ton arrestation mais surtout ta mort. C'est peut-être une diversion, mais Hal a de sérieux ennuis. Ça vient de plus haut que le Justice Department, sergent. Le gouvernement s'effondre, en partie du moins. Tu connais le vieux dicton au sujet de la General Motors à Detroit.

— Ce qui est bon pour la General Motors est bon pour les Etats-Unis.

— Oui, mais va un pas plus loin : ce qui est bon pour Detroit est bon pour l'économie nationale, et vice versa. Il paraît qu'on se prépare une drôle de débâcle et personne ne tient à voir Mack Bolan passer par Detroit, le point fort d'une économie en déroute, pour en faire de la charpie.

— Je ne cherche pas à détruire l'économie nationale, dit Bolan d'une voix lasse.

— Le résultat sera le même. Qui, crois-tu, contrôle l'économie de cette région ?

— Tu ne penses pas ça, Leo.

— Non, pas vraiment, mais il y en a qui le croient dur comme fer et qui disent que notre système ne peut pas survivre sans les manipulations illégales du milieu.

— Qui ?

— Eh bien, les gens qui s'inquiètent à cause de la dévaluation, de l'inflation, de la courbe monétaire, du dollar qui perd de sa valeur à la bourse internationale et de l'équilibre entre la direction et les ouvriers. Le milieu tient mieux l'ouvrier que les syndicats. C'est pourri mais c'est comme ça...

— Leo, je n'ai pas le temps d'écouter une thèse sociale.

Turrin se mit à rire et son ami poursuivit :

— Et je ne suis pas d'accord. L'économie nationale ne va pas s'effondrer parce qu'un directeur de chaîne qui bourre des voitures destinées à l'exportation d'héroïne se fait arrêter. Le milieu tient les ouvriers, d'accord, c'est vrai, mais il les tient par les couilles. C'est pire.

— Bon. J'ai dit à Hal que j'essayerai, voilà qui est fait.

— O.K. Dis-moi une chose. Qui est le maquereau en chef de ce bled ?

— Difficile à dire, répondit Turrin. Tony Quaso en principe, mais maintenant...

— Evidemment, mais à ton avis il était l'homme de paille de qui ?

— Pas celui d'un des vieux, en tout cas. Oh, certains essayent de se faire passer pour des hommes d'affaires respectables, ils investissent dans des affaires semi-légales, mais les macs ne changent pas. Un mac reste un mac jusqu'à sa mort.

— Bon, je me trompe peut-être en cherchant un maquereau, dit Bolan d'une voix pensive. Qui possède l'affaire semi-légale la plus prospère dans la région ?

— « Butch Cassidy », de son vrai nom Bobby Cassiopea. Il blanchit l'argent noir de la Combine en le convertissant en titres, actions et bons du trésor. Avec ça il achète des sociétés immobilières, des cliniques privées, des sanatoriums. Ensuite il cannibalise une entreprise, planque l'argent en Suisse sur un compte numéroté puis le fait revenir par une autre filière et recommence. Il monte des escroqueries internationales d'une grande envergure.

— C'était lui International Bankers Holding, non ?

— Lui-même, mais il s'est fait avoir, ce coup-là, dit Turrin en riant doucement. A cause d'un de mes amis, d'ailleurs.

— Cassiopea dispose-t-il d'un groupe de call-girls pour le jet-set international ?

— Bien sûr, répondit Turrin. Quand il reçoit un pigeon, rien n'est trop beau, c'est comme ça qu'il lui fauche sa société, son usine ou son cabinet. Sans parler de ce qu'il fait à des hauts fonctionnaires ou à des chefs d'Etat du tiers monde. En ce qui concerne les filles, c'est fou comme un homme d'affaires ou un politicien, même les plus sérieux, peuvent perdre la tête si on leur offre une belle fille à l'œil. Heu, sergent, mon chauffeur commence à s'énerver, je n'ai plus beaucoup de temps.

— Tu m'as déjà dit ce que j'avais besoin de savoir, Leo. Merci.

— Attends une seconde. Tu pourras me laisser des messages au *Sheraton-Cadillac.*

— O.K. Ce sera ton quartier général ?

— Non, ma poste restante. On va se planquer ailleurs. Je téléphonerai au concierge toutes les quatre heures à partir de demain après-midi.

— D'accord. Fais attention à toi, Leo.

Bolan raccrocha, regagna la voiture. Toby l'attendait impatiemment.

— A qui parlais-tu ? grommela-t-elle. A Dieu ?

— Non, à un saint.

Elle mit le contact, démarra le moteur.

— Où maintenant ?

— A la préfecture.

— Comment ?

Elle écrasa le frein, se tourna pour le fixer d'un regard incrédule.

— Tu m'as entendu, confirma-t-il.

— Tu ne comptes pas me déposer à la préfecture et...

— Pas toi, moi. J'y vais seul.

— Hein ?

— Toby, emmène-moi à la préfecture, s'il te plaît.

— Tu es fou !

— Sûrement, mais emmène-moi quand même.

— Absolument dérangé, marmonna-t-elle encore incertaine de ce qu'elle devait faire.

— Enlève ton pied du frein, Toby, tourne le volant à gauche, appuie sur l'accélérateur et...

— Tais-toi !

Il lui sourit, ce qui finit par la mettre réellement de mauvaise humeur.

Elle se faufila à travers les encombrements, se dirigea vers Woodward. Des éclairs jaillissaient de ses yeux et l'atmosphère dans la voiture était franchement électrique. La tension n'avait fait que croître durant tout le trajet et elle atteignit son point culminant lorsque Toby freina devant la préfecture et entra dans le parking qui était réservé aux voitures de patrouille.

— Ecoute, je ne sais pas ce que tu as l'intention de faire, mais laisse-moi le faire à ta place.

— Retourne à l'appartement, dit-il d'une voix sans réplique. Attends que je t'appelle. J'aurai besoin de toi, Toby. Nous en aurons besoin.

— Qui ça, nous ?

— La Canadienne et moi.

Il l'embrassa rapidement, sortit de la voiture.

Elle le regarda franchir la porte d'entrée principale et disparaître à l'intérieur du fief de la police de Detroit.

Faisant demi-tour, elle quitta le parking, s'éloigna à grande vitesse, à moitié aveuglée par ses larmes.

— Dieu te garde, Bolan, murmura-t-elle. Dieu te garde...

CHAPITRE XIII

Un grand type muni d'un registre officiel se déplaçait calmement dans la salle, s'adressait à différents agents, écoutait attentivement leurs réponses, étudiait les feuilles de service et prenait des notes. Pendant ce temps la machine policière continuait ses préparatifs.

Il croisa Holzer qui le fixa intensément, lui sourit et s'approcha du tableau d'affichage.

Holzer se tourna vers un de ses hommes.

— Qui est-ce, ce type ?

— Je n'en sais rien, moi, lui répondit le flic. Je n'ai jamais vu autant de poulets de ma vie. Il y en a qui viennent de bleds dont j'ignorais l'existence ce matin même.

— Je l'ai vu quelque part.

— Demandez-le lui.

— C'est ce que je vais faire.

Mais l'homme s'était déjà éloigné. Holzer le suivit du regard, le vit s'approcher des agents fédéraux, serrer la main d'un agent du F.B.I. puis rejoindre les agents de surveillance.

Holzer s'approcha, demanda à l'agent fédéral :

— Qui est ce type ?

— Lequel ?

— Celui qui vient de vous serrer la main. Il se trouve dans la salle là-bas.

— Ah, c'est Frapent.

— Un des vôtres, alors ?

— Oui, je crois.

— Vous croyez ? Un nom de code peut-être ? Comme force de frappe...

— Avec un seul « p » et « ent » à la fin, répondit l'agent fédéral un peu vexé. Qu'est-ce que vous voulez à la fin ! Allez jouer avec les autres, moi je suis occupé.

— Oui, vous en avez l'air, rétorqua Holzer à l'agent fédéral qui venait de reprendre son journal.

Il traversa la pièce à la poursuite de l'inconnu.

Celui-ci parlait à un officier de la brigade mondaine, appuyait ses dires en désignant certaines parties de la carte de la ville couvrant le mur. L'agent de la mondaine secouait la tête, pointant un index énergique sur d'autres portions de la carte. La conversation s'animait lorsque le grand type leva les yeux et surprit le regard de Holzer. Du coup il lui fit signe d'approcher. Il n'y avait pas à s'y méprendre. Holzer fit une moue puis s'avança.

Le grand type lui dit :

— Voyons, c'est John Holzer si je ne me trompe, non ? Grosse-Pointe ?

Holzer acquiesça.

— Oui, et vous ?...

— Vous connaissez le lieutenant Kelso, n'est-ce pas. De la mondaine.

Les deux lieutenants se regardèrent, inclinèrent la tête.

— Nous nous sommes déjà rencontrés, dit Kelso avec irritation.

— Au bal de la préfecture, sans doute, rétorqua ironiquement Holzer.

— C'est un sale coin chez vous, Holzer, déclara Kelso. La moitié de la Mafia y habite pénard.

— Les trois quarts, corrigea Holzer. N'y allons pas de main morte.

Mais il essayait de se rappeler qui était le grand type. Celui-ci lui lança :

— Kelso me dit que toute la région entre

Detroit East et Harper's Wood a été passée au peigne fin, neutralisée.

— Vous voulez dire la partie entre les trois écoles ? demanda Holzer en fixant la carte.

— Exactement, gronda Kelso. Entre Notre-Dame, Regina et Lutheran East.

— Pourtant elles se trouvent à Harper's Wood, précisa le grand type.

— Et alors ? Justement. Les directeurs gueulaient comme des veaux parce que... Ce que je veux dire c'est que toute cette région est nette et propre à présent. Nous la ratissons une fois par semaine.

— C'est tout près de votre district, Holzer, dit le grand type. Vous êtes d'accord avec ce que dit Kelso ?

— Pas exactement.

— Sans blague ! Non, mais, s'écria le lieutenant de la mondaine. Nommez-moi un endroit qu'on aurait raté ? Un seul ?

— Linda Massage, déclara aussitôt Holzer. La mère Linda faisait entrer tous les clients qu'elle voulait la semaine dernière. Je suis passé devant il y a deux jours.

Kelso scruta la carte.

— Où est-ce ?

— Il se trouve que Linda est la belle-sœur de Palooka Joe Venedetti. Vous connaissez la spécialité de Palooka Joe, Kelso ?

— Où est-ce ? Montre-moi !

Le lieutenant de Grosse-Pointe s'approcha de la carte pour retrouver la rue en question. Il sentit le grand type se glisser près de lui, mais ne s'aperçut de son départ qu'en se retournant. Le type avait disparu.

Kelso avait ouvert son agenda et notait l'adresse de Linda accompagnée d'un dessin de la rue.

— O.K., gronda-t-il. Je vais faire surveiller cette boîte pour en être sûr. Vous feriez bien de... Qu'est-ce que vous avez Holzer ? On dirait que vous venez de voir un fantôme.

— Qui est cet homme, Kelso ?

— Qui ? Le grand gars ? Je croyais que vous le connaissiez. C'est lui qui a fait les présentations, non ?

— Oui, mais personne ne me l'a jamais présenté, lui.

Il quitta la pièce d'un pas pressé, sans ajouter un mot d'explication, entra dans la salle des agents fédéraux.

L'agent qui lisait son quotidien leva les yeux puis repiqua du nez aussitôt.

— Frapent est repassé par là ? demanda Holzer.

— Vous faites un complexe, mon vieux, répondit l'agent fédéral.

Holzer traversa rapidement la grande salle. Il n'avait pas l'impression de faire un complexe mais ses tripes se nouèrent et il avait la certitude d'avoir compris qui était le grand type. Des frissons lui parcouraient l'échine.

C'était pourtant impensable. Un tel culot n'existait pas. On n'entrait pas chez l'ennemi en plein jour, on ne passait pas un quart d'heure dans la salle de conférences à relever le plan d'attaque de ses adversaires et discuter avec eux des points de stratégie.

Personne ne le ferait. Enfin si, un homme peut-être. Celui-là oserait sans doute. C'était pour cette raison qu'il réussissait tous ses coups.

Mais John Holzer savait qu'il se sentirait drôlement bête si jamais ses soupçons s'avéraient exacts. Dire qu'il avait passé plus de cinq minutes à bavarder avec ce type, après l'avoir suivi comme un chiot à travers toutes les salles de la préfecture !

Il alla chercher un jeu complet de croquis de l'Exécuteur que la police avait distribués par centaines et les regarda longuement. Pas de doute. La ressemblance était frappante !

Laissant tomber les feuilles qui s'éparpillèrent sur le sol, il fonça dans le couloir.

L'autre l'avait appelé par son nom, il le connaissait ! Mais comment ? Comment avait-il appris que l'autre se faisait appeler Frapent ? En le demandant à un tiers !

Qu'est-ce qu'il avait à la place du cerveau, un appareil photographique ? Pouvait-il retenir tous les plans, toutes les indications marquées sur la grande carte ?

Si Holzer ne parvenait pas à le retrouver, à le confondre, que faire ? Courir chez le directeur et lui dire de changer de plan ? Parce qu'un jeune lieutenant avait l'impression d'avoir bavardé un moment avec Mack Bolan à l'intérieur même de la préfecture !

Holzer franchit l'entrée principale, sortit sur l'esplanade et passa une trentaine de secondes à regarder en tous sens puis traversa le parking en courant.

Rien, pas une trace du grand type. Alors que faire ? Personne ne le croirait. Holzer se mit à rire pour lui tout seul : « Sacré Frapent. Tu me la copieras ! »

CHAPITRE XIV

Mack Bolan finirait par mourir, il en était conscient. Mais il se refusait à mourir les mains sales, ayant tué un flic. Les flics étaient des hommes ni meilleurs ni pires que les autres, mais ils représentaient une certaine forme d'ordre que Bolan respectait. Il les considérait comme des soldats, des confrères. Leur cause était la même, leurs moyens étaient différents.

S'il devait continuer sa lutte, il n'y avait qu'une seule attitude à adopter vis-à-vis des hommes en uniforme bleu : les éviter. Mais il y a une énorme différence entre « éviter » et « se cacher », et parfois pour mieux éviter quelqu'un, il faut aller chez lui. C'est ce que Bolan avait fait en entrant dans les bureaux de la préfecture de Detroit.

Il avait besoin de connaître les projets de la police afin de pouvoir se déplacer à leur insu et agir derrière leur dos. Il voulait surtout savoir s'ils surveillaient une partie précise de la jungle, car l'Exécuteur tenait beaucoup à aller y faire un tour.

Hélas, ils la surveillaient.

Bobby Cassiopea n'avait jamais été vraiment associé à la Mafia aux yeux de la police, mais maintenant il était placé sous surveillance. Récemment le F.B.I. avait commencé à soupçonner ce financier mondain.

Un agent fédéral avait dû se triturer les méninges et la conscience avant d'avancer le nom de Cassiopea, car celui-ci pouvait créer des difficultés sans nom. Le fait que son nom ait été mis sur la liste des personnages à surveiller prouvait à quel point ces mêmes agents fédéraux avaient envie d'épingler Bolan. Ce n'était pas une pensée particulièrement réconfortante.

Cassiopea n'était pas exactement un truand ordinaire. Il était diplômé de Harvard et c'était un maître de la finance internationale. *Newsweek* avait fait paraître un article sur lui et l'avait appelé « le jeune loup de la finance internationale » ainsi que « le playboy financier ».

Une seule fois il avait été mêlé à une

affaire douteuse qui s'était déroulée dans l'Utah quelques années auparavant et qui concernait une escroquerie sur une quantité d'actions relativement modeste. Mais Cassiopea avait réussi à convaincre tout le monde qu'il avait été dupé comme les autres.

D'après les renseignements de Bolan il avait quarante et un ans, il était marié à une véritable comtesse italienne dont il était séparé et dont il avait deux enfants qui passaient leur vie dans les pensions les plus chères d'Europe.

Il était propriétaire d'une villa qui se trouvait tout près du Yacht Club à Grosse-Pointe. Il louait des bureaux dans le centre de Detroit et possédait un chalet sur Bald Mountain, entre Pontiac et Flint.

Bolan comptait retrouver la trace de Georgette Chableu dans un de ces trois endroits.

Mais il fallait d'abord isoler Cassiopea et tromper la surveillance des flics pour lui remettre une médaille de tireur d'élite.

Oui, mais comment ?

activité douteuse qui s'était déroulée dans l'Inde, quelques années auparavant et qui concernait une escroquerie sur une quantité d'actions relativement modeste. Mais Georges avait réussi à convaincre tout le monde qu'il avait été dupé comme les autres.

D'après les renseignements de Bolan, il avait quarante et un ans, il était marié à une véritable comtesse italienne dont il était séparé et avec qui il avait deux enfants qui passaient l'été dans les pensions les plus chères d'Europe.

Il était propriétaire d'une villa qui se trouvait [illegible] à Grosse Pointe, il dirigeait des bureaux dans le centre de Detroit et possédait un [illegible] entre [illegible] et l'État.

Bolan pourrait retrouver la trace de Georgie Chandler [illegible]

Mais il fallait d'abord [illegible] et [illegible] certaine [illegible]

[illegible]

CHAPITRE XV

Bolan était descendu directement dans le garage de la préfecture en quittant la salle de conférences. Bon nombre de véhicules avaient été préparés spécialement pour l'offensive anti-Bolan et pour la surveillance de ses cibles probables. Leur radio avait été réglée sur les différentes ondes de communication utilisées pour l'opération. Normalement les transformations se seraient passées sans histoire, mais ce soir il y avait plus de voitures à transformer que de coutume.

Et Bolan avait besoin de l'une d'elles.

Il évalua rapidement la situation, fixa son attention sur le chef de service, un quadragénaire harassé qui avait trop à faire en trop peu de temps.

Bolan avait le don de se mettre bien avec les gens, c'était un des secrets de sa réussite.

Il s'approcha du directeur en souriant pour lui lancer :

— Prenez votre temps, mais on a besoin de toutes les voitures dans trente secondes.

L'autre grogna avec un rictus amer :

— C'est toujours la même chose. Quand il y a la panique comme ce soir, j'arrête de me faire du mauvais sang. Les choses ne peuvent que s'améliorer.

Bolan se mit à rire.

— Ne comptez pas trop dessus. Justement je suis venu vous dire qu'ils ont changé d'avis. Remettez tout comme avant.

— C'est pas vrai, répondit le chef dont le sourire avait disparu.

Bolan se remit à rire, lui donna un petit coup entre les côtes.

— Mais non, je ne devrais pas faire des plaisanteries de mauvais goût.

Il lui tendit une carte de visite qu'on lui avait remise dans la salle de conférences.

— Le directeur demande que vous mettiez ce type sur votre liste.

Le chef de service prit la carte, fit la grimace.

— Pourquoi les fédéraux n'amènent-ils

pas leurs propres caisses, geignit-il. Si on nous envoie le mec, on devrait nous envoyer la voiture.

Bolan haussa les épaules.

— Je ne sais pas. Vous savez ce que c'est, une crise. Dites, on ne voudrait pas envoyer ce type chez Hertz, ça la fout mal. On a notre fierté à Detroit, non ?

Le chef de service rit à son tour.

— Bon...

— Il est bien sur la liste, non ?

— Non, soupira l'autre, mais je vais l'y inscrire tout de suite.

— Je devrais prendre sa voiture maintenant, d'ailleurs. Vous savez, le protocole et tout, quoi. Le préfet tient pas à voir ces types rentrer à Washington et nous faire une mauvaise réputation.

— Ouais, je vois, gronda le chef de service. C'est toujours la même histoire.

Il était devenu complètement sympathique aux problèmes de Bolan.

— O.K., ajouta-t-il en désignant une voiture du doigt. Celle-là est prête.

Bolan prit le crayon à bille que lui tendit le chef de service, écrivit un numéro d'identification d'agent fédéral dans la case indiquée.

— Merci. Rappelez-moi de vous offrir une bière.

— Offrez-moi plutôt une douzaine de mécaniciens de plus.

Bolan rit et regarda les voitures alignées.

— La première, alors ?

— Oui. Le plein est fait. On vient de lui refaire les freins, ils marcheront mieux après quelques kilomètres.

Bolan le remercia encore puis se dirigea jusqu'à la voiture. Elle était presque neuve et avait l'aspect d'une voiture civile, avec une antenne discrète. Il se glissa derrière le volant, vérifia la radio, démarra aussitôt.

Il n'avait pas encore mis au point les détails de sa mission, mais il savait exactement ce qu'il devait faire. Le seul problème consistait à y parvenir.

Les agents Larson et Papado étaient en place depuis deux heures, et décidèrent de prendre leur mal en patience.

Ils surveillaient l'entrée principale du Cadillac Towers Building. Un troisième détective se trouvait dans le hall de l'immeuble. Ils étaient constamment en contact grâce à leur radio.

Des agrandissements de photos de Bobby Cassiopea étaient étalés sur la banquette entre les deux flics, ainsi que des croquis de Mack Bolan.

Larson défit le bouchon d'une Thermos, versa du café dans un gobelet.

— Tu en veux ? demanda-t-il.

Papado émit un grognement négatif puis ajouta :

— J'ai des fourmis dans les fesses.

— Pense à autre chose, suggéra Larson.

— Je n'y arrive pas.

— Alors tripote-toi, ça fera circuler le sang.

Papado se mit à rire.

— On aurait besoin d'emmener des bonnes femmes quand on a un boulot comme ça. Me tripoter tout seul, je ne m'y fais pas.

Larson but une gorgée de café, baissa subitement le gobelet.

— Tu as vu ce type ?

— Oui. Il en a la carrure mais il est trop vieux.

— Vérifie quand même.

Papado soupira, brancha la radio.

— Paul, regarde celui qui arrive.

— Entendu ! grésilla aussitôt la radio.

Puis quelques secondes plus tard :

— Laisse-moi dormir, tu veux ?

Larson fit une grimace, Papado poussa un soupir.

L'attente se prolongea. Les deux hommes se frottèrent les yeux de temps à autre, essayèrent de s'étirer. Papado se fit craquer les jointures puis jeta un coup d'œil d'excuse à son ami, posa les mains sur les genoux, changea son poids de fesse.

— Etre flic, marmonna Larson dix minutes après, c'est quand même une vie pleine de choses intéressantes et inattendues. C'est passionnant. Je finirai mes jours en portant des lunettes épaisses d'un centimètre, avec de la corne sur les miches et des champignons sur la peau des couilles. Tout ça agrémenté du souvenir de toutes les fois qu'on m'aura traité de « SS » ! Dis Pappy, pourquoi on fait ce métier ?

— Pour gagner notre croûte, répondit Papado en haussant les épaules.

— On peut aussi la gagner en jouant au tennis ou au golf. Mais bon Dieu, pourquoi faire *ça* ?

Son ami poussa un soupir.

— Tu ne tiens pas vraiment à revenir là-dessus, non ?

— Sandy veut divorcer, annonça Larson après un silence de quelques minutes.

— Elle n'est pas bête, celle-là, rétorqua Papado.

— Je suis sérieux. Elle m'a posé un ultimatum. Je dois choisir entre elle et le métier.

— Dommage. Elle va te manquer, Chuck.

— Sois sérieux.

— Je le suis. Toujours.

— On n'arrive pas à joindre les deux bouts. Tu parles ! On tire le diable par la queue d'un mois à l'autre, en esquivant plus ou moins habilement nos créanciers. Tu sais ce que ça coûte de faire un tour au supermarché de nos jours, Pappy ? Je ne sais plus.

— Qu'est-ce que tu ne sais plus ?

— On n'arrive pas à coincer ces ordures de toute façon.

— Qu'est-ce que tu insinues ?

— Autant accepter les enveloppes qu'on nous propose, marmonna Larson.

— Putain ! soupira Papado. Je vais t'en coller une à travers la gueule si tu continues.

— Et merde !

— Tout juste ! Roule-toi dedans, manges-en un peu, tu verras que tu t'en porteras mieux. Ecoute, plutôt laisser ma femme faire le trottoir que de toucher les enveloppes.

— Moi je ne sais plus, Pappy, je ne sais plus.

— Peut-être pas, mais moi je connais. J'ai grandi en voyant ce qui se passe. Tu acceptes les enveloppes, mon pote, et en échange ils prennent ce qui reste de ton âme pour se torcher avec. Ecoute, je n'ai même pas envie d'en parler. Pas du tout, tu comprends ?

— Oui, oui.

Un silence, puis :

— Je râle, c'est tout, Pappy.

— Je sais.

— La prochaine fois, vas-y, cogne-moi dans la gueule.

— C'est sans doute ce que je ferai.

Ils se turent de nouveau.

Les flics qui surveillent n'ont parfois rien d'autre à faire que réfléchir, et c'est la pire des choses.

Quelque temps après la radio commença à grésiller.

— Strike Cadillac, ici Strike Seven Honcho.

Larson consulta le bulletin de communications.

— C'est le chef du secteur, il est mobile. Sur Delta.

Papado brancha l'onde, saisit le microphone.

— Je vous écoute, Seven Honcho.

— Faites votre rapport.

Papado jeta un coup d'œil à Larson, leva les yeux au ciel, répondit :

— Négatif. Pas d'entrées, pas de sorties.

— Aucun contact avec le sujet de la surveillance ?

— Négatif. Le poste intérieur affirme qu'il n'est pas sur les lieux. Je répète : pas sur les lieux.

— O.K., tout le secteur est tranquille. Relayez-vous pour une pause, mais ne vous éloignez pas.

— Entendu. Merci.

Papado rangea le microphone, s'adressa à Larson :

— Je croyais que le chef mobile ne commençait qu'à la tombée de la nuit.

Son ami haussa les épaules.

— Ils changent d'avis toutes les cinq minutes. Tu veux bouffer le premier ?

— Non, il est trop tôt. Mais j'aimerais bien prendre l'air. Faire le tour du pâté de maisons.

Larson rit.

— Vas-y, mais n'accepte pas une enveloppe qui traîne.

Papado fit semblant de lui cogner le menton, s'extirpa de la voiture puis se pencha à l'intérieur pour rétorquer :

— Quant à toi, essaye de ne pas arrêter l'Exécuteur avant mon retour.

— Ne t'inquiète pas, fit Larson. A mon avis il est à cent bornes d'ici.

Il se trompait entièrement, car Bolan venait de passer à moins de cinquante mètres de leur voiture en stationnement.

Quelques minutes plus tard et à quelques kilomètres de là, un autre policier se tourna vers son partenaire en raccrochant le microphone après un bref contact avec Nine Honcho, son chef de section mobile, et lui demanda :

— Est-ce que tu n'as jamais eu l'impression qu'on te regarde pendant que tu surveilles un endroit ? La réception était trop bonne pour être vraie. Je te parie que le chef nous regardait pendant qu'il me parlait.

L'autre haussa les épaules, s'emplit la bouche d'un énième chewing-gum.

— Tout est sens dessus dessous, ce soir, dit-il en mâchonnant la gomme sucrée. Faut vivre avec son époque, mon vieux.

— Mais je n'aime pas ça, quand les choses ne sont pas claires.

— Le chef mobile a été tout ce qu'il y a de clair. Et moi je suis drôlement content qu'il soit dans le coin.

— Il paraît que Bolan ne tire jamais sur les flics.

— C'est peut-être vrai, peut-être pas. Mais comment va-t-il savoir que tu es flic ou pas. Je n'ai pas le front tatoué FLIC.

L'autre se mit à rire nerveusement.

— Tu as sûrement raison, mais les chefs mobiles n'étaient pas prévus avant la nuit.

C'est comme tu dis, sens dessus dessous.

— Il y a de quoi, non ? Un type débarque ici on ne sait d'où et commence par tuer une soixantaine de mecs et fout le feu à une baraque. Il y a de quoi s'énerver.

Effectivement, tout le monde s'énervait. Sauf l'homme qui roulait tranquillement à bord d'une voiture de patrouille subtilisée à la préfecture et qui se faisait passer tour à tour pour Seven Honcho et Nine Honcho.

CHAPITRE XVI

John Holzer comptait énormément sur son instinct, et il était persuadé que cinquante pour cent du travail de tout policier consistait à tenir compte des impressions folâtres qui traversaient parfois son esprit. La technicité était une chose, l'intuition une autre. Holzer croyait dur comme fer qu'un flic qui ne réagissait pas lorsque les frissons instinctifs commençaient à lui parcourir l'échine, n'était pas un vrai flic.

Le lieutenant Holzer subissait un frissonnement constant depuis plus de vingt minutes. Il rompit enfin son silence, entra dans la salle de conférences, s'approcha de Joe Daley, un détective avec plus de trente années de service. Daley était sorti du rang et maintenant on pensait le nommer inspecteur de district. Pour l'instant il commandait l'opération de surveillance. Il avait été un des meilleurs amis du père de Holzer qui, flic aussi, était mort en service commandé.

— Tu me fais l'effet, dit-il à Holzer en levant les yeux, d'un gosse qui a eu les yeux plus gros que le ventre. Tu n'aimes pas ton poste ?

— Non, non, ça va, répondit Holzer au vieil ami de la famille. Dis-moi, Joe, qu'est-ce que te dit ton instinct, ce soir ?

— Il hiberne en ce moment.

— Ah bon.

— Oui, mais le tien s'est annoncé, n'est-ce pas ?

Il prit un téléphone, lança un ordre sec. Holzer resta muet, contempla nerveusement les affiches sur le mur.

Daley raccrocha.

— Ecoute, ce type est arrivé chez toi pour commencer. Je comprends ce que tu ressens. C'est ton terrain, d'accord, mais un bon flic...

— Ce n'est pas du tout ça, Joe. C'est que... Enfin, ou bien je suis fou ou alors je lui ai parlé il y a quelque temps.

Les yeux vifs de l'inspecteur se fixèrent sur Holzer.

— Ah oui ? Où ça ?

Holzer regarda à gauche.

— Là-bas.

— Où là-bas ?

— Là où se trouve Kelso en ce moment.

— Je croyais que nous parlions de Bolan.

Holzer déglutit péniblement.

— En effet.

Joe Daley gratta pensivement sa joue.

Le lieutenant de Grosse-Pointe consulta sa montre.

— Il y a trente minutes.

— Pourquoi n'as-tu rien dit alors ?

— Le type avait disparu au moment où j'ai commencé à avoir des doutes.

— Et ça c'était quand ?

Holzer fit une grimace.

— Presque au moment même où il a disparu. Je l'ai cherché. J'ai couru à travers tout l'immeuble comme un dément. Je ne l'ai plus revu.

— Et tu n'as toujours rien dit. Jusqu'à maintenant. Pourquoi ?

— Toi tu parles tout de suite quand tu as une impression, Joe ?

— Si elle me paraît fondée, oui. Qu'est-ce que tu essayes de me dire, Johnny ? Que ce type est entré pour jeter un coup d'œil ? Qu'il est entré dans la salle de conférences de la préfecture de Detroit, qu'il a tout regardé puis qu'il est ressorti ? Sans que personne ne l'ait reconnu ? Toi excepté.

— Oui. Exactement.

Holzer croisa les bras, fixa le mur.

— Mais pourquoi aurait-il fait ça ?

— C'est exactement la question que je me pose depuis une demi-heure. Joe, ce type a ridiculisé toutes les forces de police du pays, tu n'as qu'à relire les rapports. Le F.B.I. le poursuit depuis son premier coup. Tous les truands rêvent de toucher la prime que la Mafia a offerte pour sa tête. Dans le milieu ils ont formé des équipes spéciales de chasseurs de têtes. Mais il s'en tire chaque fois. Comment ? Comment fait-il ? Il n'existe même pas un dessin sérieux de lui. A quoi ressemble-t-il vraiment ? Est-ce que les flics se retournent vraiment quand il passe, savent-ils seulement qu'il est là ? Il doit y avoir une explication...

— Hé, calme-toi. Qu'est-ce que tu essayes de me dire, Johnny ?

— Je ne sais pas, c'est ce qui me tracasse le plus, avoua tristement Holzer. Sauf... Mais merde ! je sais qu'il était ici ! Et...

— Et quoi ?

— Ce n'est pas une affaire pour la police, Joe.

— C'est quoi, alors ?

— Je ne sais pas. Mais je sais que ce n'est

pas notre domaine. Ecoute, la police existe pour arrêter les criminels, non ?

— Mais personne ne t'as dit le contraire que je sache, et personne n'a jamais prétendu que Mack Bolan était autre chose qu'un criminel.

— C'est pourtant ça qui ne va pas. Tu es tombé précisément dessus, Joe. C'est pour ça qu'il va et qu'il vient sans ennui. Ce sont nos méthodes qui sont en faute. Nous nous y prenons complètement de travers.

— Tu es un flic, Johnny.

— Oui.

— Ton vieux était un flic, et moi je suis un flic. Tous les gars dans cette putain de salle sont des flics. Alors maintenant dis-moi, où est-ce que nous nous y prenons de travers, et pourquoi nos méthodes sont-elles fautives ?

— C'est un militaire.

— Quoi ?

— C'est un soldat. Il fait la guerre. Pas la guerre de gangs, comme on en a l'habitude, et il ne la fait pas contre nous. C'est à *eux* qu'il fait la guerre.

— Et alors ? Continue.

Plusieurs détectives s'étaient approchés, écoutaient avec intérêt la conversation.

Holzer regarda rapidement l'homme qui se trouvait derrière lui, et reprit :

— Il était ici, Joe. Il s'est baladé dans la salle de conférences pendant une dizaine de minutes, il a parlé à tout le monde, il a pris des notes et il a examiné toutes les feuilles de service et les bulletins de communications. J'ai cru qu'il était un flic que j'avais rencontré quelque part et dont je ne me souvenais pas du nom. Je présume que les autres ont eu la même impression. Mais d'une manière ou d'une autre il a remarqué que je m'intéressais à lui. Il s'en est aperçu, Joe. Il a tout de suite compris que je me posais des questions. Il est parti et je l'ai suivi dans cette pièce, ici. Il s'était approché de Kelso et lui a fait une remarque déplaisante. Kelso lui tenait tête. Le type m'a vu arriver derrière lui. Il avait appris Dieu sait où mon nom et il m'a appelé. Diable qu'il était rapide, pas d'anicroche dans son numéro, tu peux me faire confiance. Il m'a fait entrer dans la danse et peu après je me suis retrouvé en train de m'engueuler avec Kelso. Alors il s'est éclipsé. Dis-moi, Joe, as-tu déjà vu un truand ou un quelconque criminel réussir un coup pareil ?

Le vieux flic y réfléchissait. Il poussa un soupir, se leva.

— Combien de fois, demanda-t-il lourdement, a-t-on manqué pendre un homme lorsqu'on ne possédait que des preuves circonstancielles ? Tu crois que je vais aller voir le directeur avec une hypothèse aussi légère ? Tu ne m'as donné aucune preuve. C'était sans doute un flic que tu connaissais de quelque part. Il y a des flics qui débarquent toutes les cinq minutes. Les agents du F.B.I. aussi. Ils arrivent comme des vautours dès qu'on annonce la présence de Bolan. C'est une réunion nationale de policiers ici, et on...

— Joe... Inspecteur, j'ai étudié les croquis qu'on a faits de lui. Ils sont ressemblants, vraiment. Et mon instinct me dit...

— Sors d'ici et emmène ton instinct, gronda Daley.

Puis, voyant le regard désespéré du jeune lieutenant, il ajouta :

— Ecoute, tu es un bon flic. Je ne dirai jamais le contraire, Holzer, mais nous sommes tous sur les nerfs. On peut se tromper, surtout lorsqu'on bondit chaque fois qu'on voit une ombre. D'après ce que tu m'as dit je ne vais pas aller chez le directeur et lui dire que le type qui est la cause de cette mobilisation générale est entré pour bavarder avec les hommes et échanger des idées pendant que nous essayions de mettre au point une stratégie pour le prendre. Je ne le ferai pas, Holzer. Alors retourne à ton poste et emmène tes impressions avec toi.

Quelques hommes rirent doucement au fond de la salle.

Holzer ouvrit la bouche, la referma aussitôt, fit demi-tour pour s'éloigner rageusement.

Il buta dans un autre policier qui venait d'arriver et essayait d'obtenir l'attention de Daley.

— Inspecteur, fit-il d'une voix inquiète. Il se passe quelque chose de bizarre sur le réseau radio.

Holzer s'immobilisa, tendit l'oreille.

— Quoi donc ? demanda Daley d'un air dégoûté.

— Les chefs de sections mobiles ne commencent que cette nuit, n'est-ce pas ? Il n'y a toujours pas eu de changement à ça ?

— Aucun changement, gronda Daley. On n'a pas besoin de communiquer avant la tombée de la nuit...

— Justement. Le dispatcher a accidentellement branché le moniteur Delta et il a entendu un chef de section mobile parler à une voiture qui se trouve à Harper Woods. J'ai commencé à vérifier. Deux autres voitures ont déclaré avoir eu un contact par radio avec un chef de section mobile. Les voitures Strike 7, Strike 8 et Strike 9.

Holzer s'était approché de nouveau du

bureau de Daley et il avait écouté avec un vif intérêt.

Le directeur de la surveillance fixait l'agent de communications d'un regard étrange.

Holzer toussota doucement.

— Que te dit ton instinct à présent, Joe ?

CHAPITRE XVII

— Heureusement que tu as reçu le message, dit Leo Turrin sans autre préambule. J'ai des nouvelles importantes pour toi...

— Et moi pour toi, dit Bolan. J'essayais de te repérer, Leo. Où est ta cabine de téléphone ?

— Pas loin de chez Tommy Damio, dans la même rue. Ce sont nos quartiers généraux, prends-en note. Tu as du retard, j'allais partir.

— Navré, mais j'ai eu à faire. Je viens de recevoir le message. Quelles sont ces nouvelles si importantes que tu dois me donner ?

— Brognola.

— Dis à Hal...

— Non, attends, écoute-moi d'abord. Ça vient directement de chez Dieu. Hal demande que tu oublies tous les services rendus dans le passé et que tu laisses tout tomber. Il était précis, net et clair. Il m'a dit textuellement : « Il ne faut pas s'approcher de Butch Cassidy, ni même le regarder de travers... » C'est un ordre. Est-ce que tu comprends ?

— Depuis quand, demanda tranquillement Bolan, est-ce que je suis censé recevoir des ordres du F.B.I. ?

— Cet ordre n'est pas pour toi, c'est celui qu'on a donné à Hal. En direct du bureau présidentiel.

Bolan se tut un moment.

— C'est si grave que ça ?

— C'est pire. Les types de Washington n'osent même pas prononcer le nom de Cassiopea, ils l'appellent toujours par son nom de code, Butch Cassidy. Ils fouillent et ils creusent. Les choses s'aggravent avec chaque pelletée. Les conséquences seraient si terrifiantes que...

— O.K., Leo, interrompit Bolan. Dis à Brognola que je ferai de mon mieux pour ne pas l'abîmer, mais je dois lui parler.

— Non, sergent, il ne faut pas !

— Désolé, mais j'ai mes raisons, Leo. Je vais lui parler.

La voix de Turrin était catastrophée.

— Je sais que ce n'est pas la peine de te l'interdire si tu es décidé, et j'ai confiance en ton jugement. Mais on ne veut pas que ce type sache que le F.B.I. s'intéresse à lui.

— Il est pourtant sur la liste des surveillances.

— Qu'est-ce que tu en sais ?

— Il y a une voiture anonyme devant chez lui. Trois poulets surveillent l'immeuble.

Turrin poussa un gémissement.

— Ne t'inquiète pas, dit Bolan. Ils sont discrets. Si discrets d'ailleurs que je passerai à travers sans qu'on me repère.

— Fais attention. Ne crois pas tout ce que tu as appris sur les flics de Detroit. Ce ne sont pas des enfants de chœur.

— Oui, je m'en suis aperçu. Il fera nuit bientôt. Tu restes chez Damio ce soir ? Toute la nuit ?

— Oui, mais ne raccroche pas. J'ai un renseignement pour toi. Il se passe des choses. Charley Fever ameute la vieille garde et la rassemble dans le fortin que tu as attaqué hier soir. J'ai l'impression qu'il prend les choses en main. C'est un grand pas pour Charley. Je veux dire, c'est un dur, bien entendu. Tu parles, il se balade en ce moment avec un trou dans l'épaule dans lequel tu pourrais passer le poing ! Mais il n'a jamais été davantage qu'un homme de main, et tu dois le savoir. Pourtant c'est lui qui semble reprendre la famille en main et les vieux chefs l'écoutent.

— Alors ils se rassemblent au Yacht Club ?

— Oui, mais seulement la vieille garde. C'est peut-être une occasion formidable, tu sais. Detroit a toujours été une ville très unie, il n'y a jamais eu de discorde familiale. Bon, voilà ce qui est intéressant. Je t'ai déjà dit que les vieux de la *Commissione* avaient envoyé des équipes de chasseurs de scalp. Il y en a une douzaine en ce moment qui sont éparpillés à travers toute la cité. J'ai cru comprendre qu'il y avait un schisme qui se préparait. Tu sais que la famille de Detroit n'a jamais été entièrement d'accord avec les décisions nationales. Crazy Sal en était responsable. Mais maintenant qu'il est mort...

— Il n'a pas survécu ?

— Je croyais que tu étais au courant. Non, il est mort aujourd'hui vers midi. En tout cas, maintenant que Sal a disparu, les vieux de la *Commissione* vont essayer de ramener Detroit au sein du groupe. Ils savent que Charley Fever rallie la vieille garde, et ils ont dit : « Laissez Charley et les vieux essuyer les feux de Bolan, on vous enverra des équipes pour vous protéger. Restez tranquilles, laissez Charley se dépatouiller avec Mack Bolan »...

Bolan poussa un grognement.

— Evidemment, c'est pas bête.

— Non, pas du tout. Tu as fait du bon travail hier soir, sergent, et Hal tient à ce que tu saches qu'il s'en rend parfaitement compte. La Combine en a pris un sale coup et ses amis ont été bien gênés. Personne n'a été inculpé hier soir, mais la liste de collaborateurs a été considérablement rallongée. La Combine est sens dessus dessous. Pourtant Hal préférerait drôlement que tu oublies Butch Cassidy. Moi je suis désolé de t'en avoir parlé.

— Je le connaissais déjà, Leo. Et je ne peux pas l'oublier, c'est personnel, mais je serai aussi discret que possible.

— Bon, soupira Turrin. Parle-lui si tu le dois. Je voudrais néanmoins te donner un conseil d'ami.

— Vas-y, je t'écoute.

— Finis-en là. Parle à Butch Cassidy, apprends ce que tu veux savoir puis cassetoi. Planque-toi dans un endroit retiré et restes-y un moment. Entre nous, entre copains, tu es un homme mort à l'heure actuelle. Mort. A moins de quitter cette ville en vitesse. Ils t'en veulent tous, des deux côtés. Les flics sont tous mobilisés, même les unités anti-manifestations. D'ici ce soir il y aura des unités mobiles dans les rues, prêtes à intervenir en quelques secondes. Elles disposent de véhicules blindés, de gros calibres, de gaz lacrimogène, de gadgets invraisemblables, de tout. En plus il y a une équipe spéciale d'US Marshals qui a débarqué. Ce sont des tireurs d'élite, et leurs carabines sont énormes.

— Je suis au courant, répondit Bolan d'une voix lasse. Merci tout de même.

— Ça c'est du côté poulets, mais de l'autre côté c'est pire. Les meilleurs éléments de la rue ont accouru, armés jusqu'aux dents. Moi je suis chez Damio, les gars de Buffalo se trouvent chez Tomassetta. Il y a trois groupes new-yorkais chez...

— Ne te fatigue pas, Leo. Je le sais.

— Tire-toi, fous le camp.

— Je ne peux pas.

— Mais pourquoi, bon Dieu ? Qu'est-ce qui est tellement important ?

— Je te l'ai dit, c'est personnel.

— Ta tombe sera impersonnelle, sergent. Toi ou un autre. Qu'est-ce que j'y ferai inscrire, « Ci-gît la guerre de Mack Bolan » ? A cause d'une vendetta ?

— Ce n'est pas une vendetta, c'est un rendu.

— Comment ?

— Non, rien. Je me tirerai dès que possible.

— Ne vas pas au club.

— Le Yacht Club ?

— On t'y attend. Charley y a fait venir toutes les torpilles de la ville. Comparativement, hier c'était du gâteau.

— Tu parles d'un gâteau, murmura Bolan.

— Bon, disons que ce soir ce sera du bronze. N'y vas pas.

— Mais j'y comptais bien.

— Allons bon. Dis, ne t'en prends pas à Hal. Il est noyé sous les ordres d'en haut.

— Je le sais, soupira Bolan. Brognola est un bon gars, fais-lui mes amitiés, mais pas mes excuses. Je fais seulement ce que je dois faire, Leo.

— Bien sûr. Fais attention.

— Toi aussi.

Bolan raccrocha, contempla froidement la voiture de police qui se trouvait devant la cabine téléphonique, mit une seconde pièce dans le téléphone. Le moment était venu d'appeler des renforts.

Sa voix était calme.

— Oui ?

— C'est moi, lui dit-il. Tu trouveras les clefs dans la boîte de café. Une Ford Econoline grise qui se trouve dans le parking, emplacement G-12. Prends-moi à l'angle de Kelly et Morang dans vingt minutes.

— Attends, où est-ce ? Approximativement.

— Direction est sur huit milles jusqu'à Kelly qui se trouve après Gratiot. Sud vers Morang.

— Compris. As-tu besoin du matériel qui se trouve dans l'autre voiture ?

— Je m'en suis occupé ce matin.

— Euh, bien. Rien d'autre ?

— Sois à l'heure.

— J'y veillerai, répondit-elle d'une voix rauque.

Il raccrocha, regarda le soleil couchant puis regagna sa voiture.

CHAPITRE XVIII

— C'est insensé ! s'écria Toby. Ce camion est un arsenal roulant !

— Exactement, répondit Bolan. Je vais en avoir besoin. Je voudrais que tu te serves de la voiture dans laquelle je suis arrivé. Elle est volée, alors fais attention.

— Formidable. Sans parler de tout le reste, la seule chose dont j'ai réellement besoin c'est me faire prendre au volant d'une voiture volée.

— C'est pire, dit Bolan en souriant. Je l'ai volée à la préfecture, et ça se sait. Ne te sers pas de la radio. Je crois qu'ils patrouillent la ville à la recherche de mes émissions.

Toby ouvrit de grands yeux.

— Tu es incroyable !

Bolan rit doucement et lui dit :

— Je voudrais que tu fasses diversion.

Il l'entraîna à l'arrière du camion, lui montra une grande carte de la ville qui était scotchée contre la paroi. Il effleura du doigt la ligne de démarcation entre les comtés de Wayne et Macomb, qui bordaient Grosse-Pointe Woods au nord, puis décrivit une courbe jusqu'à un endroit précis.

— Qu'est-ce que c'est, là ? demanda-t-elle.

— Là où il faut aller. Dans cette rue, là.

— Pourquoi ?

— Regarde bien, fit-il doucement.

— Mais je ne...

Elle sursauta subitement.

— Ces chiffres en rouge, c'est quoi ? Les numéros des maisons ?

— Exact.

— Quatorze cent quatre-vingt-douze, n'est-ce pas ?

— Oui, c'est le numéro de la maison qui nous intéresse. C'est la deuxième sur la droite, direction nord.

— Incroyable...

— Etrange, non ?

— Je me disais bien que ce chiffre voulait dire quelque chose, mais... Ce n'est pas une coïncidence, n'est-ce pas ?

Il poussa un soupir, lui pressa la main.

— J'ai constaté, il y a fort longtemps, Toby, qu'il n'y a jamais de coïncidences en ce monde. L'homme qui habite le 1492 est notre clef pour retrouver Georgette. Je dois y entrer et m'en assurer.

— Il est chez lui ?

Bolan acquiesça.

— Il s'y terre. Il n'a pas bougé de la journée.

— Alors qu'est-ce qu'on attend ?

— La maison est sous surveillance. Deux voitures. La première se trouve juste au nord et en face, la seconde au coin de la rue, à l'est.

Toby fronçait les sourcils en contemplant la carte dans la pénombre du camion. Bolan alluma une lampe.

— O.K., dit-elle. Je l'ai repérée. Qu'est-ce que tu veux que je fasse ?

— Je voudrais que tu y conduises cette voiture volée.

— Sans blague. Jusqu'à la maison ?

— Oui, mais en douceur. Mets-toi une écharpe sur les cheveux. Ne leur donne pas l'occasion de bien te voir. Eteins les phares en approchant, ne les rallume pas. Entre dans l'allée, arrête-toi.

— Comment est l'allée ?

— En forme de croissant, longue d'une quinzaine de mètres.

— Bon, soupira-t-elle. J'entre et je m'y arrête.

— Voilà.

— J'y reste combien de temps ?

— Suffisamment pour que je puisse entrer dans la maison.

Il indiqua un endroit sur la carte.

— Je viendrai d'ici, par-derrière. J'y laisserai le camion et je continuerai à pied. Lorsque tu entreras dans la rue, il me faudra deux minutes. Fais durer le manège juste ce temps-là.

— O.K., pas de problème. Tu veux que je passe devant les voitures de surveillance ?

— Oui, je veux que l'on te repère.

— Tu veux que l'on m'attrape ?

Il lui posa une main sur l'épaule.

— Je ne veux pas qu'on te tire dessus, Toby. Lorsqu'ils s'approcheront, ce sera terminé. C'est déjà assez risqué comme ça, ils ont reçu l'ordre de tirer à vue.

— Oui, je sais, murmura-t-elle.

— Lorsqu'ils s'approcheront, fais-toi connaître, laisse-les te voir. A partir de ce moment-là, à toi de faire comme tu voudras. Je pense que tu sais mieux que moi ce qu'il convient de faire.

— Bien sûr, dit-elle en fixant la carte.

— O.K., allons-y, dit-il.

— Mack... ?

— Oui.

— Crois-tu que Georgette soit dans cette maison et qu'il existe un... un espoir ?

— On ne sait jamais, Toby.

— Oui, heu... O.K., allons-y.

Elle se retourna vivement, lui encercla le cou, avança la bouche près de son oreille.

— Ne te fais pas tuer, chuchota-t-elle.

— Il n'en est pas question, marmonna-t-il doucement.

— Si Georgette... Si elle est déjà perdue, ce serait inutile de te faire massacrer. Ne t'enterres pas volontairement avec elle. Par bravade.

— Je ne fais rien par bravade. Si tu as une meilleure idée, je suis tout ouïe.

— C'est risqué, n'est-ce pas ?

— Toby, tout est risqué dans cette guerre. Tu le sais bien.

— Oui. Evidemment. Bon...

— Il faut y aller maintenant, Toby.

Elle essuya vigoureusement une larme qui avait coulé sur sa joue, descendit du camion.

La nuit était tombée et l'atmosphère était lourde, opprimante.

Bolan descendit derrière elle, ils mirent leurs montres à la même heure.

— Suis-moi jusqu'à la limite du quartier,

dit-il. Reste à une centaine de mètres derrière moi, mais ne me perds pas de vue. Je commencerai la manœuvre à deux cents mètres de la cible, à l'ouest. Tu continueras seule et tu entreras dans l'allée à la seconde près.

— Très bien, murmura-t-elle. Où nous retrouverons-nous ?

— Tu plaisantes ! Tu comptes t'en tirer avec quelques mots ?

— Il faudra d'abord qu'ils me rattrapent.

Bolan fit un pas en arrière, gronda :

— Terminé, mission abandonnée.

— Oh, écoute ! Arrête, je ne ferai rien d'idiot, mais ne sous-estime pas le bluff dont je suis capable. Bon, où nous retrouverons-nous ?

— Toby, dit Bolan d'une voix monocorde, ils vont tirer à la moindre occasion. Ne leur en donne pas l'occasion.

— L'appartement, d'accord ?

Elle lui sourit avec tout le charme dont elle était capable. Elle le manœuvrait et il le savait. Il voûta les épaules, gronda deux ou trois jurons d'une voix inaudible puis lui dit :

— O.K., à toi de jouer, Toby. Va pour l'appartement, mais ne te ramène pas avec quinze flics aux fesses.

— Contente-toi d'y rentrer aussi, chuchota-t-elle sur le même ton.

Il lui passa les mains sous les bras, la souleva, l'embrassa, la reposa, la retourna, l'expédia jusqu'à la voiture volée avec une petite tape sur les fesses.

Puis il monta dans le camion et se lança dans la jungle. C'était une jungle humaine, pleine de cannibales et de chasseurs de scalp, de gardes-chasse et de bêtes fauves qui connaissaient tous les sentiers et toutes les pistes.

Mack Bolan pensa pendant une fraction de seconde à ce monde meilleur pour lequel il luttait, mais qu'il ne verrait peut-être jamais.

CHAPITRE XIX

— Lee !

— Oui ?

— Une bagnole qui vient de l'ouest. Attends... Oui. Je ne peux pas voir le conducteur mais... Il est seul. La voiture... On dirait... Merde ! C'est la caisse volée !

— O.K., ne bouge pas ! Reste où tu es !

— Entendu ! Il me dépasse. Je n'arrive toujours pas à... Mais c'est bien notre voiture !

— D'accord. Je la vois. Qu'est-ce qu'elle fait ?

— Elle s'est arrêtée au croisement. Le conducteur n'arrive pas à se décider. Il nous a peut-être repérés.

— Bouge pas de là ! Harvey, appelle le

chef de section mobile. Ne bouge surtout pas, nom de Dieu !

— Mais non. Il y va ! Il va droit sur toi !

— Vu ! tu peux démarrer.

— C'est parti !

— Doucement, doucement... Arrête ! Il a stoppé de nouveau !

— Merde, merde, *merde* !

— Il regarde. Il va peut-être faire le tour. Reste où tu es.

— L'unité mobile arrive ?

— Ils sont en chemin. Il redémarre. O.K, fais le tour, bloque-le par-derrière !

— C'est fait. Ils seront là dans combien de temps ?

— Ils sont sur la route au bord du lac, à fond de train ! Ne le laisse pas filer, hein ? Bloque-le bien ! O.K... O.K... Ouais. C'est bon ! Il vient d'éteindre ses phares ! Et voilà ! Il est entré dans l'allée ! Bon Dieu, je ne le vois plus ! Et toi ?

— Tu parles ! Je ne vois que les arbres du jardin !

— On va y aller à pied. Je te passe l'onde Delta. Reste en contact avec la section mobile !

— Entendu ! Fais gaffe !

— Merci !

***

C'était une espèce de grand studio, une vaste salle qui servait au travail et au repos. Une grande baie vitrée donnait sur un immense balcon qui surplombait la façade de la maison. Il y avait un petit coin pour se détendre. Un superbe bureau en acajou se trouvait d'un côté, un lit gigantesque de l'autre. Il y avait un grand dressing et une salle de bains dont les lumières étaient allumées.

Le mur au-dessus du bureau était couvert de photographies encadrées, dont le sujet était toujours le propriétaire de la maison posant avec quelque célébrité :

Cassiopea avec les vice-présidents des Etats-Unis. « Pour Cass, avec mes meilleurs sentiments... »

Cassiopea avec un homme d'Etat européen. « A mon cher Cass, sans lequel nous serions amoindris... »

Cassiopea avec un cheik arabe barbu et encaftané. La dédicace était illisible mais sans doute flatteuse.

Cassiopea avec une super-star hollywoodienne. « Pour Cass Darling... »

Il y en avait d'autres. C'était une collection imposante.

« Cass Darling » se trouvait près de la baie vitrée. Il regardait prudemment la rue à travers la fente des rideaux.

Il avait dû lire dans *Playboy* comment les séducteurs s'habillaient pour passer une soirée tranquille chez eux, seuls. Il portait une veste d'intérieur en velours noir et un pantalon en alpaga. Une pipe en bruyère était délicatement tenue entre ses dents. La lumière de l'unique lampe allumée se reflétait sur ses ongles vernis, et ses cheveux étaient impeccablement coiffés et tenus en place à coups de laque.

Sur le bureau il n'y avait qu'un dossier et un téléphone.

Bolan tendit le bras à hauteur d'épaule, laissa tomber sur le bureau une médaille de tireur d'élite. La pièce tomba avec un cliquetis déconcertant.

« Cass Darling » se retourna comme mû par un ressort, l'expression d'abord agacée et rageuse, ensuite étonnée et craintive.

Ses yeux fixèrent aussitôt l'objet métallique sur le bureau, s'arrondirent, puis son regard se posa enfin sur l'homme glacial qui se tenait de l'autre côté de la pièce.

Il tourna la tête de côté, les traits déformés par la terreur, croassa :

— Harry ! Bruce !

— Ne te donne pas tant de peine, suggéra froidement Bolan. Harry et Bruce dorment du sommeil des justes. Il n'y a que toi et moi, « Cass Darling ».

L'homme ouvrit puis referma la bouche. Il fit quelques pas, jusqu'au bureau, s'assit sur le coin, effondré. Il commença à transpirer ; de grosses gouttes firent leur apparition sur son front. Il ne quittait pas la médaille des yeux.

— Je sais ce que c'est, dit-il d'une voix tremblante.

— Alors tu sais qui je suis.

Cassiopea agita la tête.

— Oui, dit-il en reprenant un peu sur lui-même. Oui, je vous connais. Mais je n'arrive pas à comprendre pourquoi vous êtes chez moi. Qu'est-ce que je peux faire pour vous ?

— Mourir, sans doute, « Cass Darling ».

Le type reprenait rapidement courage, n'étant pas encore mort.

— Mais cela n'a pas de sens. Aucun. Je suis vos aventures de près et votre croisade est extrêmement sympathique. Je crois comprendre votre indignation, votre haine. Et permettez-moi de vous assurer, Mr Bolan, que je n'ai rien à voir avec ces gens-là.

Bolan le frappa. Parti de loin, le revers claqua sur le beau visage avec un bruit sec. Cassiopea décolla du bureau, tomba par terre au pied du mur, resta à quatre pattes.

Bolan s'approcha de la fenêtre, regarda en bas. Toby entrait dans l'allée.

« Cass Darling » se levait péniblement et fouillait dans un tiroir en secouant la tête. Bolan lui permit de continuer un instant, dégaina le Beretta, tira une seule balle qui fit sauter un gros morceau d'acajou.

Cassiopea fit un bond en arrière, rebondit contre le mur puis se lança vers la porte.

Le Beretta toussa encore deux fois, et la porte se referma brutalement sous l'impact des deux balles.

« Cass Darling » se retourna lentement, les jambes flageolantes, s'effondra puis, à genoux, leva les bras comme un suppliant terrifié.

— Pour l'amour de Dieu, cessez de jouer avec moi !

— Quand tu en auras marre de jouer, fit Bolan, tu me le diras.

CHAPITRE XX

Toby braqua le volant, entra dans l'allée, glissa jusqu'au portique en coupant le contact et en ébouriffant ses cheveux blonds. Elle jura aussitôt, sachant qu'elle aurait dû hésiter quelques instants de plus au bord du trottoir pour gagner de précieuses secondes.

Elle entendit s'ouvrir une portière puis des pas sur le macadam, et elle jura de nouveau.

Ils s'approchaient à pied.

Une minute quarante, c'est tout ce qu'elle lui avait donné !

Souvent la mort n'était qu'une question d'une demi-seconde !

Mais que lui avait-elle fait ?

Elle bondit de la voiture, courut au centre de la pelouse, le cerveau en ébullition.

Le bruit des semelles dont le rythme rapide et régulier résonnait dans la rue la pressait de choisir une ligne d'action. Les policiers avançaient déjà dans l'allée.

Elle buta du pied contre un objet sur la pelouse, se pencha en avant pour le regarder dans le noir et comprit aussitôt ce qu'elle devait faire. Elle saisit l'objet et le lança dans la rue de toutes ses forces.

C'était un bout de porcelaine en forme de disque provenant d'une décoration de jardin. L'objet tomba sur le macadam avec un bruit d'enfer, rebondit plusieurs fois dans l'obscurité, produisant une cacophonie d'assiettes cassées.

Les pas s'arrêtèrent aussitôt et une voix surprise se fit entendre :

— Mais qu'est-ce que c'est ?

— Dans la rue ! aboya un second homme d'un chuchotement indiscret.

Des formes humaines passèrent bruyamment à travers les buissons épais.

Toby courut jusqu'à sa voiture, y monta précipitamment, mit le contact, enclencha la vitesse, le pied au plancher. La voiture bondit de sous le portique comme un cheval qui se cabre, et la portière se referma sous l'effet de la force centrifuge.

Elle alluma les phares, vira dangereusement dans l'allée. Elle quitta les pavés, dérapa sur le gazon, effectua une manœuvre brutale et regagna la chaussée avec des crissements de pneus, atteignit le bout de l'allée en pleine accélération, vira de nouveau, partit dans la rue en tanguant.

Derrière un fusil tonna, puis un second, immédiatement suivi d'un crépitement rapide de revolver. La vitre arrière se désintégra et le coffre fut transpercé par une pluie de plomb.

Des phares s'allumèrent derrière elle, et une voiture partit à sa poursuite.

Elle accélérait continuellement et avait atteint plus de cent vingt au premier carrefour. Subitement elle vit quelque chose de terrifiant : un convoi de véhicules qui lui fonçait dessus, une voiture blindée en tête, gyrophare allumé. Inexorablement la machine avança sur elle et lui barra le passage.

— Conne ! hurla-t-elle dans l'obscurité. Conne, conne, conne !

Mais elle avait donné deux minutes à Bolan, et c'est ce qui comptait. Elle lui avait même peut-être donné bien davantage.

— Merde ! cria-t-elle. Et merde !

⁂

A cet instant, terriblement inquiet, Mack Bolan tirait par le col un certain « Cass Darling », sans doute plus inquiet encore, et lui faisait dévaler l'escalier sur les fesses. Il le tira jusqu'à la porte de service puis dans le jardin. Cassiopea ne cessait de miauler pour un public invisible.

Bolan avait entendu des coups de feu devant la maison et il avait compris. Hélas, il avait compris. Tout autour, la nuit était déchirée par les sirènes stridentes de voitures de patrouille qui accouraient. Vers un seul but.

« Il prit « Cass Darling » par le collet, le secoua comme un chat secoue une souris. Sa voix, normalement d'un calme glacial, était empreinte d'une rage effroyable, et il lança à l'homme gémissant :

— Tu m'as coûté trop cher, charogne ! Espèce de minable maquereau, pédale de vendu de ...

— Mais finissez-en pour l'amour de Dieu !

— Alors Sal l'a punie comme elle le méritait, hein ? ragea Bolan. Je vais te faire exactement la même chose, pauvre loppe !

Il lui arracha le pantalon, le poussa sur le dos dans l'herbe, le maintint d'un pied en travers de la gorge et fit jaillir la lame étincelante de son stiletto.

— Quoi ? *Hein !* s'écria Cassiopea. Comment ? Non ! Oh mon Dieu, non ! Pas ça !

— Quoi, salope, tu y tiens toujours à ta virilité ? Tu ne crois pas que c'est la punition que tu mérites ?

— Mon Dieu ! Mais elle n'est pas morte, j'en suis sûr ! Allez voir où je vous ai dit ! Mon Dieu, ne me faites pas ça !

Bolan plongea le couteau entre les cuisses dénudées de « Cass Darling », planta la lame dans le gazon.

— La prochaine fois, promit-il, je te répandrai à travers tout ce jardin ! Si tu m'as menti, je te donne une dernière chance pour te rétracter.

— Je vous jure que j'ai dit la vérité ! Je le jure devant Dieu !

Bolan quitta « Cass Darling » qui s'évanouit aussitôt, baignant dans les émanations de sa propre terreur.

Ce n'était pas amusant de terroriser un homme à ce point, mais c'était inévitable. Il tenait absolument à connaître la vérité et sa rage avait servi, car il était sûr que Cassiopea la lui avait dite.

Mais c'était une amère victoire. Toby lui avait dit si peu auparavant : « Ça ne vaut peut-être pas le coup. »

Et maintenant Georgette avait peut-être payé le prix suprême.

Si jamais c'était vrai... Si jamais...

« Les hommes pleurent aussi, Toby. »

CHAPITRE XXI

Holzer rentrait lorsqu'il entendit l'appel de Strike 8. Il aurait voulu retourner chez lui prendre une douche, manger un morceau et dormir une heure ou deux si possible.

La journée avait été interminable et les huit heures qu'il venait de passer avaient été au-delà du supportable.

Il était sur pied depuis plus de vingt heures consécutives, mais l'appel venant de Grosse-Pointe lui fit l'effet d'un remontant.

Il se sentit incroyablement joyeux en voyant la section mobile qui fonçait le long du lac, et fou de joie en la voyant tourner sur Vernier.

Il était sur son territoire et il connaissait tous les raccourcis. Il savait qu'il pourrait être sur place avant la section mobile.

Il passa le Yacht Club de Grosse-Pointe, prit des risques en virant sur Hawthorne, brancha la sirène, fonça jusqu'à Marter puis se lança en direction du nord sur le Yorktown Parkway.

Redressant la voiture, il coupa la sirène, continua avec le gyrophare. Il faillit rentrer dans une petite Volkswagen au premier carrefour et ralentit aussitôt, décidé à sacrifier sa vitesse afin d'arriver sur place sain et sauf.

Plus tard il se souviendrait de cette décision, parce qu'en ralentissant il provoqua tous les événements qui suivirent.

Holzer fonçait vers la scène de l'appel qui se trouvait à l'ouest. La section mobile aurait dû se trouver sur Vernier, roulant vers le nord, mais pour une raison qui lui était inconnue, elle avait dévié de sa route, et il la vit virer sur le *parkway* devant lui et emprunter la même direction que lui, avec deux cents mètres d'avance.

Alors Holzer vira au sud puis à l'ouest de nouveau, furieux d'être pris de vitesse dans son propre quartier. L'orgueil l'empêchait de les rejoindre sur la même route.

Il fit encore un virage, se lança vers le

nord, reprenant ainsi le chemin que la section mobile avait tenu à éviter.

Comme il n'était pas équipé pour entendre leurs appels, il ne pouvait pas écouter leurs émissions.

Il ne lui restait qu'à perdre la course.

Loin devant il entendit un coup de fusil et d'autres coups de feu, et vit la voiture folle se lancer dans le piège. Il comprit alors la manœuvre de la section mobile, mais il la comprit juste un peu trop tard.

Une autre voiture avait été rangée en travers de la rue près du carrefour. Elle fit demi-tour, bondit derrière la voiture du fuyard.

Holzer ne pouvait pas passer de cent quarante à vingt à l'heure en deux secondes, mais il tenta le coup, réalisant à l'instant même qu'il allait sans doute faire rater un piège minutieusement préparé.

Il écrasa le frein en braquant brutalement le volant. La voiture fit plusieurs tours sur elle-même, arriva en trombe dans le carrefour, sembla un instant se redresser puis s'engouffra en glissant dans une petite rue.

Les roues avant bondirent contre le rebord du trottoir, la voiture faucha plusieurs arbustes et massifs fleuris sur une trentaine de mètres puis dérapa et se mit en glissade sur l'autre flanc.

Il défonça une clôture puis son pare-chocs accrocha quelque chose de dur. La voiture pivota sur elle-même jusqu'à ce que le pare-chocs céde avec un bruit de métal éclaté. Il continua sa course démente sur quelques mètres et enfin la voiture commença à faire un tonneau. Sanglé sur la banquette, Holzer se rappela un jour de foire quand, gosse, il avait vomi du haut des montagnes russes sur la tête des badauds en bas, il se demanda aussitôt si ce souvenir était celui d'un mourant, et trouva la pensée bien hors propos... Quel horreur !

Il perdit connaissance. Pendant combien de temps il n'en savait rien, sûrement pas plus de quelques secondes. Il revint à lui et aperçut les flammes, comprenant aussitôt qu'il était coincé dans une voiture écrabouillée qui pouvait exploser d'une seconde à l'autre.

Subitement il distingua à travers les flammèches un diable qui dansait près de la voiture, mais se dit que ce n'était qu'une hallucination. Ce n'en était pas une.

C'était Mack Bolan. Il se souvint du visage souriant qui lui avait dit : « Holzer, n'est-ce pas ? »

Drôle de souvenir, ça aussi. Pourtant le

souvenir était déformé par la réalité et le fantôme de Bolan lui disait :

— Ne bougez pas, restez calme. Je vais vous sortir de là.

Ce n'était donc pas une hallucination.

Cet incroyable personnage se trouvait réellement là !

Holzer ouvrit la bouche, découvrit qu'il pouvait encore parler, et dit promptement une stupidité :

— Comment êtes-vous arrivé si vite, Frapent ?

— Je me trouvais dans le coin, rétorqua le grand type. Ecoutez, c'est mauvais. Le pare-brise s'est effondré sur vous et il y a une partie tranchante tout près de la carotide. Je ne peux pas bouger la voiture et le toit est défoncé. Le réservoir pourrait sauter d'une minute à l'autre. Si je soulève le toit, vous risquez de prendre le pare-brise dans le cou. Si je ne le soulève pas, vous allez griller ou sauter. Donc, je vais devoir le soulever. Dès que vous pourrez vous libérer les mains, protégez-vous la gorge.

— Compris, dit Holzer d'une voix calme qui l'étonna. Comment allez-vous le soulever ?

— Avec les moyens du bord, rétorqua le type.

Il se glissa à l'intérieur de la voiture près de Holzer, se déplaçant à quatre pattes à travers les tôles déchiquetées. Holzer vit les veines et les tendons surgir le long de son cou et il comprit l'immense dépense de forces chez l'homme qui essayait, coûte que coûte, de se redresser sous le toit plié.

— Attention ! grogna le type.

John Holzer sentit que l'impossible était en train de se réaliser, le toit remontait. Il dégagea un bras. Le type continua à soulever.

— Ça vient, chuchota Holzer. Attendez... Attendez ! Ma gorge... Ah ! O.K., ça y est ! Putain ! Cassons-nous !

Lorsqu'il y réfléchit plus tard, Holzer se rendit compte de l'énormité de l'acte. Pourtant cela lui avait paru aussi facile que de froisser une feuille d'aluminium.

Aussitôt le type saisit Holzer sous les bras et tira de toutes ses forces pour le dégager de la ferraille, poussant des jurons et grognant avec l'effort. Enfin il le dégagea, le traîna sur quelques mètres puis le réservoir explosa.

La chaleur de la boule de feu brûla les cheveux de Holzer mais il ne put faire autre chose que de rester allongé dans l'herbe, conscient d'être encore en vie et plein de reconnaissance.

Une voix rauque chuchota près de son oreille :

— Crachez-lui au visage, Holzer !

Au début il ne comprit rien puis, levant les yeux, il crut voir l'image de la mort et son visage décharné, dansant, flottant dans les flammes, et lorsqu'il tourna la tête vers la voix, il ne vit personne.

Il commença à ramper, s'écria :

— Frapent ! Est-ce que ça va, Frapent ! Où êtes-vous ?

A cet instant un agent de Detroit East arriva en courant.

— Doux Jésus ! cria-t-il. Y a encore quelqu'un là-dedans ?

— Juste John Holzer, répondit Holzer. Je serai là-dedans le restant de mes jours. Amen.

— Mais à qui criiez-vous ? Qui était avec vous ?

Holzer se redressa, surpris de pouvoir se tenir debout. Il s'était coupé les mains sur le pare-brise, mais les lacérations n'étaient pas profondes, et il n'avait pas d'autres blessures.

— Qui était avec vous ? hurla de nouveau le flic de Detroit Est.

— Dieu, marmonna Holzer. Dieu était avec moi.

CHAPITRE XXII

« Il n'y a rien de plus con que la malchance, » se dit Toby.

Elle hésita un instant et, comme suspendue dans le temps, imagina le visage de Bolan puis écrasa l'accélérateur et braqua le volant de toutes ses forces.

La voiture bondit sur le trottoir, plana une seconde. L'arrière du véhicule dévia, heurta violemment la voiture blindée, rebondit brutalement, pivota sur les roues avant tandis que les roues motrices tournaient follement dans le vide.

Enfin l'arrière s'écrasa sur le gazon devant une maison et la course folle recommença. La voiture, devenue un animal déchaîné, mue par la pression d'un petit pied posé à fond sur l'accélérateur, se cabra en hurlant puis décrivit une courbe interminable vers sa propre destruction.

Elle se retrouva à l'intérieur de la maison avant même de l'avoir vue, passant à travers bois, plâtres et vitres, défonçant divans, fauteuils et chaises, soulevant rideaux et tapis, voyant un poster fait maison par une partisane du MLF, qui disait en gros caractères rouges : « J'emmerde le ménage ».

Elle eut un instant l'impression de voler et comprit qu'elle avait quitté la voiture, se retrouva assez curieusement dans un lit aux côtés d'un monsieur d'un âge certain qui croassait sans arrêt :

— Qu'est-ce que c'est ? Qu'est-ce que c'est ? Qu'est-ce que c'est ?

— C'est un rêve, marmonna Toby. Rendormez-vous.

Elle avait mal dans le dos, mais elle bondit du lit et quitta la chambre. Ses bras et ses jambes semblaient flotter en tous sens, pourtant elle continua à se déplacer normalement et même rapidement. Miraculeusement indemne.

A travers l'ouverture qu'elle venait de pratiquer dans la façade elle vit s'approcher des flics avec leur panoplie anti-manifestation au complet. Ils avançaient prudemment tandis qu'un autre agent qu'elle ne pouvait pas voir, disait :

— Une femme, je vous dis ! Ou un hippy blond ! J'ai vu le conducteur de la voiture aussi clairement que je vous vois...

Toby partit dans l'autre sens, se foutant éperdument de savoir si l'officier l'avait vue.

Elle sortit de la maison par la porte de service, traversa le jardin en courant, sauta par-dessus la petite clôture blanche, fonça jusqu'au bout du jardin mitoyen, sortit dans la rue suivante au pas de course.

Elle ne ralentit qu'en voyant la masse sombre du camion qui était garé dans une allée de service quelques centaines de mètres plus loin. Ses poumons étaient en feu, elle avait l'impression qu'elle allait éclater.

Sa première réaction en voyant le camion était la joie, mais aussitôt elle se rendit compte de la signification de sa présence. Une terrifiante anxiété se saisit d'elle.

Pourquoi était-il encore là ?
Il aurait déjà dû se trouver loin !

Elle ralentit, continua en marchant, se tenant les côtes, reprenant son souffle. Lorsqu'elle arriva près du camion elle s'effondra et gémit lamentablement :

— Et merde ! Et merde, et merde...

Une voix rauque s'éleva doucement dans l'obscurité :

— Tu ne vas pas rester couchée là toute la nuit, non ?

C'était lui. Tout entier, un peu défraîchi. La veste à moitié brûlée et les mains couvertes de sang. Mais, Dieu qu'il était beau !

— Qu'est-ce qui t'a pris si longtemps ? fit-elle d'une voix essoufflée. Tes deux minutes, c'est une éternité !

Il la prit dans ses bras, la souleva, la porta à l'intérieur du camion, l'allongea sur la banquette, l'examina avec une tendresse infinie.

— Oh, Toby, fit-il. Mon Dieu, mon Dieu...

— Je suis là, non ? Tout entière, la tête les bras et les jambes.

— Ah ça, oui, dit-il.

Elle leva la tête, le regarda d'un air étonné, voyant clairement son visage pour la première fois depuis qu'ils s'étaient retrouvés.

— Mais, tu pleures !

Elle attira sa tête, la coucha sur sa poitrine.

— Vas-y, dit-elle doucement. Laisse-toi aller.

— Je ne peux pas, répondit-il d'une voix

étrange. Je suppose que je ne suis pas encore vraiment un homme.

Toujours est-il que Toby, agent du F.B.I., ne s'était jamais sentie aussi femme.

CHAPITRE XXIII

Toby conduisit tandis que Bolan enfilait sa combinaison de combat et ils se parlèrent de l'avant à l'arrière du camion.

— Comment est-ce que ça s'est passé au 1492 ? demanda-t-elle, en s'efforçant d'adopter un ton décontracté.

— C'était instructif, dit Bolan. Et inquiétant.

— Alors instruis-moi et inquiète-moi.

— Si je t'en dis un peu, Toby, il faudra que je te dise tout, et ce n'est pas très plaisant.

— Je ne t'ai jamais demandé de me cacher la vérité ou de la nuancer, dit-elle en lui lançant un regard noir par-dessus l'épaule.

Il remonta la fermeture Eclair de la combinaison puis déclara :

— Crazy Sal l'a condamnée à passer cinquante jours en chambre.

— En chambre ? Qu'est-ce que ça veut dire ?

— Le type a juré qu'il n'en savait pas plus que ça. C'est peut-être vrai. En tout cas si c'est ce que je pense...

— Et qu'est-ce que tu penses ?

— D'abord je veux t'expliquer exactement ce qu'est le type qui habite au 1492. Un front financier pour la Combine. Des centaines de millions de dollars passent à travers ses doigts tous les ans, parfois en titres mais souvent en cash. Sa société est mi-légale mi-criminelle et vouée naturellement aux intérêts de la Combine. Si on possède l'instinct d'un carnassier on peut faire de gros dégâts dans le milieu des affaires honnêtes.

— Dieu sait, commenta Toby, si les hommes d'affaires sont déjà durs les uns envers les autres, sans parler d'illégalité.

— Mais la différence est énorme, dit Bolan. Evidemment les gros sous sentent toujours un peu le soufre selon la personne qui en dispose, mais lorsque la Combine s'en mêle c'est carrément un viol. Le type du 1492, par exemple, ne se contente pas d'influencer ses victimes avec une offre de fille à sauter, il passe ensuite à l'attaque avec une véritable massue. Car les filles qu'il offre se transforment en argument de chantage et finissent par coûter les yeux de la tête. Tu avais raison quand tu m'as parlé de call-girls pour le jet-set, et comparativement une fille qui fait le trottoir, fait penser à Jeanne d'Arc. Les filles dirigées par ce type constituent une forme de chantage qui est absolument terrifiant quand on connaît le pouvoir qu'elles trimbalent entre les cuisses et quand on apprend les chiffres qui sont en jeu. Bien entendu la Combine ne peut pas permettre à ses filles de devenir indépendantes ou compétitives. Alors elle en fait des filles esclaves.

— Tu parles de chantage industriel ?

— Avec quelques variantes, oui, mais aussi de chantage politique. Les filles sont soumises à la pire des corruptions, à la terreur et au chantage également. Ensuite elles sont envoyées dans la nature avec l'obligation de ramener tant d'actions, une société tout entière ou ce qui est à prendre sur le marché. Parfois même un petit pays.

— Je vois très bien, répondit Toby. Parle-moi de la chambre.

Bolan poussa un soupir.

— C'est instinctif, seulement une impression, mais je crois que Georgette a servi d'exemple pour les nouvelles recrues. On doit les faire passer l'une après l'autre dans « la chambre » et leur montrer ce qui leur arrivera si jamais elles ne marchent pas droit.

— Mon Dieu, chuchota Toby, horrifiée.

— Oui, dit Bolan. Une salle de torture. As-tu jamais vu un *turkey*, Toby ? Une dinde ?

— On m'en a parlé et ça m'a suffi, fit-elle d'une voix tremblante. Si tu penses que Georgette... ?

— Tu m'as dit qu'il ne fallait pas nuancer les faits, marmonna Bolan. Et au fond de moi je suis sûr que Georgette a subi ce sort.

— Mon Dieu !

— Comme tu dis.

Il enfila le harnais de l'Auto-Mag, boucla la ceinture.

— Tu as dit *cinquante jours* ?

— C'est ce que le type m'a dit.

— Mais comment pourraient-ils ?...

Toby frissonna longuement.

— Comment est-ce que ça pourrait durer si longtemps ?

— Je ne sais pas, mais il faut espérer qu'elle n'aura pas tenu le coup, Toby. Espérons qu'elle soit morte depuis longtemps.

— Mon Dieu, mon Dieu...

Il enfila le holster du Beretta, dégaina deux fois, vérifia le mouvement du pistolet, le remit en place.

— Où allons-nous ?

— Tu connais bien l'endroit.

— Ah bon ?

Il ouvrit le coffre à munitions, commença à choisir ses armes.

— Je connais ? fit-elle.

— Tu m'as dit que l'endroit renfermait encore quelques secrets. Je suis du même avis que toi.

— Tu ne peux pas retourner au club ! s'écria Toby. Ce serait un suicide !

— Peut-être, mais il y a plusieurs manières de se suicider, Toby. Je ne peux pas négliger un aspect de cette affaire.

— Mais elle est probablement déjà morte ! C'est du gâchis !

Bolan referma le coffre, tambourina sur le couvercle des doigts.

Toby ralentit, se rangea au bord de la route, se retourna pour le fixer.

— Es-tu prête à l'abandonner si vite, Toby ? demanda doucement Bolan.

Elle le regarda sans répondre.

— Il existe des moyens pour garder les gens en vie, expliqua-t-il. Malgré les supplices. Il y a des médecins qui...

— Oh, mais tais-toi ! hurla Toby.

— Tu n'as jamais lu les rapports de Nuremberg sur les méthodes utilisées par les chirurgiens nazis ? Ne sais-tu pas qu'un chirurgien sans âme peut faire des choses au corps humain qui défient l'imagination la plus sordide ? On peut garder les gens en vie et...

— Tais-toi, je t'en conjure, tais-toi !

— Alors, allons-y.

Elle se mordit la lèvre inférieure si fort que le sang se mit à couler. Elle répondit :

— Ne le fais pas pour moi, Mack. Elle est morte, j'en suis sûre. Tu le penses aussi. Alors ce geste n'est pas pour Toby.

— Disons que c'est pour moi, alors, dit Bolan, Maintenant, démarre !

A regret elle mit le contact, lança le camion. Bolan reprit sa préparation au combat. Quelques instants plus tard elle lui dit :

— Bon, d'accord, mais je t'accompagne.

— Pas question !

Des larmes glissaient sur ses joues, se mêlaient au sang qui avait coulé le long de son menton.

— Juste au moment où je commençais à te trouver sympathique !

— Ne pense pas, Toby, conduis.

— Je ne me suis jamais sentie aussi

vivante qu'aujourd'hui et je n'ai pas envie que ça se termine. Je ne supporte pas la pensée de tout perdre, pas maintenant !

— On ne peut pas perdre quelque chose qui ne nous appartient pas, Toby.

— Merci bien, sanglota-t-elle. Tu m'as vraiment fait très mal, mais je n'ai jamais cru que tu m'appartenais.

— Je ne parlais pas de moi.

— Mais écoute, Mack ! Qu'est-ce qu'on fait ? Ça n'a pas de sens ! Dis-moi, mon Dieu, dis-moi ce que nous faisons !

— Nous continuons à vivre, Toby. Pleinement.

— Je me contenterais de « tranquillement ».

— C'est faux. Mais voilà ce que je te propose : quelques jours de vacances et de détente. Tout de suite après. On ira découvrir les verts pâturages, la tranquillité qui nous ont toujours été refusés. O.K. ?

Elle lui sourit, le visage encore baigné de larmes.

— Les morts peuvent promettre n'importe quoi.

— Je ne le suis pas encore.

— Des vacances, hein ? O.K.

Mais l'homme en noir pensa que les vacances étaient bien lointaines et bien incertaines.

Effectivement, les morts pouvaient facilement faire des promesses.

— On arrive bientôt, annonça Toby. Quel est ton plan ? Une entrée discrète ?

Il jeta un coup d'œil dehors.

— Non, pas cette fois, Toby. Tourne à gauche dans la prochaine rue et arrête-toi.

Non, il n'y aurait pas d'entrée discrète. Charley Fever et toute une horde d'assassins l'attendaient, armés jusqu'aux dents. Il fallait entrer en tonnant, en crachant le feu.

CHAPITRE XXIV

Une bombe fumigène décrivit un arc de cercle au-dessus du mur du Yacht Club et tomba sur la pelouse, vomissant un épais nuage de fumée noire. Une deuxième bombe suivit puis une troisième, toutes espacées d'une centaine de mètres.

Le capitaine de la garde poussa un hurlement d'alarme, verrouilla le portail à triple tour, et lança un ordre à l'homme qui se trouvait près de lui, un talkie-walkie à la main.

Un camion gris sortit subitement de l'ombre dans la rue devant le club, fonçant sur le portail fermé, un gros paquet en toile ficelé sur le radiateur.

Un garde sur le toit paniqua, ouvrit le

feu sur le véhicule qui s'approchait à une vitesse folle. Le pare-brise éclata mais le camion ne dévia pas.

— Attention ! hurla quelqu'un.

Puis la machine s'écrasa contre les lourdes portes, les fit éclater dans une terrible explosion qui secoua tout le quartier.

Le mur près du portail disparut complètement, ainsi que la tour de guet et le passage prévu pour les sentinelles.

Ce qui restait du camion, un amas difforme de tôles brûlées, vint se coincer entre les deux portes. Une seconde explosion fit trembler la terre quelques secondes plus tard. Les débris des deux maisons de gardiens s'envolèrent à l'horizontale à travers le parc, des cris atroces retentirent entre les arbres.

Tandis qu'une pluie de poussière et de gravats tombait sur la villa, un homme en noir traversa le parc.

Traversant la zone sinistrée, il passa un masque à gaz puis lança devant lui une autre bombe fumigène.

Il portait des sacs de munitions sur le dos et sur le ventre. Il tenait un gigantesque 44 Magnum de la main droite et une grenade dégoupillée de la gauche.

Un pistolet aboya à sa gauche. Sans ralentir, il pressa deux fois la détente de l'Auto-

Mag, et le pistolet ennemi se tut pour de bon. Il avança encore, disparut dans la fumée chimique, se dirigea en avançant avec un pied sur le gazon, l'autre sur les pavés de l'allée. Il était chargé comme un baudet et portait pratiquement deux fois son propre poids.

La nuit était tranquille, calme, mais irréelle vue à travers la visière du masque.

Des silhouettes apparurent dans son champ de vision se déplaçant de-çi de-là apparemment sans but.

Quelqu'un avait trouvé un haut-parleur et ordonnait aux gardes de reprendre leurs postes.

Bolan continua lentement son chemin, ralentissant un instant, l'auto-Mag entre les dents, afin de lancer une bombe de plus. Puis il repartit, se dirigea vers le parking près de la villa, sans rencontrer de résistance.

Des tireurs, le visage recouvert de serviettes mouillées, se tenaient sur le porche devant l'entrée sur le côté de la villa. Cinq hommes coincés les uns par les autres.

Les adversaires se virent simultanément. Une fusillade éclata et Bolan disparut une fois de plus dans la fumée. Son bras gauche décrivit un demi-cercle.

La grenade tomba sur le porche au milieu

des hommes. La zone éclata, des corps démembrés giclèrent en tous sens. Un des hommes survécut, se mit à courir, devenu une torche humaine. Il tomba à genoux, voulut se relever puis tomba sur le visage sans un bruit.

Bolan lui envoya une balle dans la tête, un coup de grâce, puis repassa à l'offensive.

Il s'attaqua aux baies vitrées avec un mélange de bombes fumigènes et de grenades défensives, effectua ainsi le tour de la villa tandis que les hommes qui se trouvaient à l'intérieur poussaient des hurlements désespérés et criaient aux gardes extérieurs de leur venir en aide. Mais ceux-ci avaient déjà perdu le goût du risque. Des types couraient partout dans le parc, essayant de retrouver le responsable de cette odieuse et terrifiante attaque. Mais Bolan n'eut pas souvent l'occasion de se défendre, car tous semblaient le fuir d'instinct. L'atmosphère était emplie par les détonations effroyables de l'Auto-Mag et par les explosions incessantes des grenades. La grande villa ne cessait de trembler.

Lorsque Bolan eut fini d'utiliser les munitions du sac ventral, la fumée de camouflage était devenue superflue.

La villa flambait joyeusement et des tourbillons de vraie fumée s'élevaient haut dans le ciel. Certains sautaient du toit, d'autres gisaient sur l'herbe en gémissant.

Bolan laissa tomber le sac vide, entra dans la villa, se faufila jusqu'à la porte qui menait là où il pensait trouver ce qui justifiait sa folie.

Une fois dans la cave, il trouva la porte d'un second sous-sol et frissonna en pensant qu'il était passé si près de là durant son premier passage.

Toby avait raison : la villa décelait encore quelques secrets.

La porte dérobée céda sous son impulsion et il se retrouva dans un petit salon, pas plus grand qu'une salle de bains. Il y avait une chaise en mauvais état et une table sur laquelle étaient posés un chauffe-plat, une cafetière, une boîte de sucreries et plusieurs bouteilles de Coca Cola.

Dire qu'il avait failli y entrer la veille !

La pièce n'était pas inoccupée. Un gros type se tenait près du mur opposé, le visage rendu grotesque par une grimace de haine.

« Le monde est petit, se dit Bolan, vraiment petit ! »

C'était l'ignoble docteur fou que Bolan avait si brièvement rencontré à New Jersey. Il savait seulement que son nom était Sal, mais c'était déjà trop en savoir.

Il retira son masque, dit à l'homme :

— Deux Sal sous un même toit, et tous les deux cinglés, c'est trop.

— Moi je ne suis pas cinglé, rétorqua l'homme avec une certaine hauteur. Je ne cède jamais à la passion comme l'autre.

Il y avait une odeur de Buchenwald et d'Auschwitz dans la pièce. Bolan eut du mal à ne pas tirer aussitôt.

— Ouvre la porte ! cracha-t-il. Et pousse-toi !

— Excusez-moi, mais je ne comprends pas vos intentions, annonça le chirurgien dément.

Bolan le fit comprendre. Il envoya un gros morceau de plomb entre les cuisses du gros Sal. L'homme poussa un hurlement de femme, tomba à genoux, saisit ses cuisses, regarda ses mains devenues rouges de sang. Du sien.

— Tu comprends mieux maintenant, Sal ? demanda Bolan. Ça c'est pour mon ami Bruno.

Il lui donna un grand coup de pied pour le dégager du passage. Le chirurgien tomba sur le flanc, les jambes repliées, et poussa des gémissements piteux.

Bolan trouva la serrure cachée, ouvrit la porte.

C'était la chambre des horreurs. Il y avait un autel d'aspect païen et un grand candélabre. Le plafond était bas, les murs étaient noirs, et il régnait une odeur nauséabonde d'humidité, de moisi et surtout de sang. Le parfum d'un corps encore vivant mais qui commençait déjà à se décomposer assaillit les narines de Bolan.

La pièce était longue, étroite. Au centre se dressait une table chirurgicale. Sur un mur il y avait une série de photographies qui montraient le déroulement de l'interminable séance de torture dans les moindres détails. Chaque photo était datée, et chacune d'elles représentait l'être pitoyable qui se trouvait sur la table, la tête posée sous l'affreux candélabre.

Crazy Sal l'avait condamnée à cinquante jours en chambre.

Cinquante éternités !

Un sparadrap maintenait l'aiguille d'un goutte à goutte. Sur une petite table il y avait des scringues et diverses drogues.

O combien le gros Sal avait dû lutter pour garder en vie la suppliciée !

Elle n'avait plus de mains, elle n'avait plus de pieds.

Une orbite était vidée de l'œil, et les lueurs du candélabre projetaient des ombres sinistres sur le visage mutilé.

L'autre œil était intact mais la paupière avait été retirée. Un miroir avait été fixé au plafond au-dessus d'elle.

Elle n'avait plus de seins.

Elle n'avait plus de sexe, une greffe recouvrait ce qui restait de son pubis et un petit tube, un minuscule et obscène pénis artificiel, lui servait pour uriner.

Un écusson de policier avait été dessiné à coups de scalpel dans la peau de son ventre. L'horrible cicatrice luisait sous les chandelles.

Petit à petit une très belle femme avait été démembrée.

Bolan eut l'impression qu'une main glaciale lui tordait les tripes de l'intérieur.

« Oui, Toby, elle est encore en vie. »

Elle respirait par à-coups, poussait de faibles grognements d'animal. Cyclope sans défense, son œil solitaire implorait.

Il resta un instant immobile près d'elle.

— Georgette, murmura-t-il doucement. Oh, Georgette...

Elle voulut parler et il se rendit compte qu'elle n'avait plus une seule dent et qu'on lui avait arraché la langue. Mais ce qu'elle avait voulu lui demander était très clair.

— O.K., chuchota-t-il. Repose en paix, Georgette.

L'Auto-Mag tonna. Les réverbérations

dans la petite pièce étaient insupportables. Bolan s'enfuit.

Le chirurgien dément était toujours allongé sur le côté près de la porte. Il avait réussi à baisser son pantalon et essayait d'étancher le sang de ses mains nues.

Bolan l'enjamba sans un regard, sortit dans la pièce principale du sous-sol. Il ôta le sac à dos et en retira le plastic et les détonateurs. Méthodiquement il installa les explosifs.

Il regarda une dernière fois autour de lui, murmura :

— Repose en paix...

Il se trouvait au bout du parc, à l'abri, lorsque les explosifs sautèrent. Sous ses pieds la terre trembla, la villa en flammes s'effondra d'un seul coup, comme un château de sable sous l'impact d'une vague.

Libéré de son fardeau, Bolan était allégé, mais son cœur était bien plus lourd.

Deux types se précipitèrent sur lui. L'Auto-Mag tonna deux fois, décapitant les deux gardes presque en même temps, et Bolan reprit sa course.

Il dépassa Toby Ranger sans la voir. Elle courut derrière lui puis à ses côtés, lui jetant des coups d'œil inquiets mais sans lui poser de questions.

Enfin il s'immobilisa, tomba à genoux,

tête baissée, le canon de l'Auto-Mag touchant terre.

Elle s'agenouilla près de lui, très inquiète.

— Tu n'es pas blessé ?

— Non, chuchota-t-il. Pas physiquement.

— Mon Dieu, tu les a tous détruits ! Je n'ai jamais vu une chose pareille ! Mack... Et...

— Elle est morte, grinça Bolan. Depuis une éternité.

Puis il commença à pleurer.

EPILOGUE

Il s'était repris maintenant et s'éloignait avec Toby. Subitement il vit apparaître un homme dans l'obscurité, un pistolet au poing.

Toby poussa un petit cri, Bolan la fit tomber dans l'herbe. Une voix calme demanda :

— Qu'est-ce qui vous a pris si longtemps, Frapent ?

Le canon de l'Auto-Mag était coincé contre l'estomac du type, et le doigt de Bolan était figé sur la détente.

Il baissa lentement son arme et la rangea.

— Vous n'êtes pas l'ennemi, Holzer, dit-il au flic. Alors tirez ou laissez-moi passer. Il n'y a qu'une seule façon de m'arrêter.

— Pourquoi vous arrêterais-je ? demanda le flic en rangeant son arme aussi. Désolé de vous avoir braqué, mais on n'est jamais suffisamment prudent. Il faut être très prudent quand on reçoit l'ordre de tirer à vue.

— Oui, je sais.

— Votre... Votre véhicule a été endommagé assez peu de temps après le mien. Ça c'était un coup de chance pour moi. Je pensais que vous auriez besoin d'un remplacement.

Le grand homme en noir tendit la main à la fille. Elle se redressa, fixa le flic d'un regard décidé.

— Qui conduisait ? demanda Holzer. La dame ?

— Peut-être, répondit Bolan.

— Vous devriez faire plus attention, Frapent, parce que vous ressemblez étonnamment à un autre type. Toute la ville le recherche. Je pensais que je ferais aussi bien de vous trouver et de vous conseiller de quitter la région le plus vite possible. La voiture se trouve un peu plus loin dans la rue. Les clefs sont dessus. Laissez-la où cela vous arrangera.

— Merci, dit Bolan.

Un sourire flotta sur ses lèvres.

— Je suis content que vous m'ayez retrouvé.

— Moi aussi. Je vous ai suivi en ligne droite. Près du lac une certaine villa vient de sauter. Tous les vieux truands de Detroit s'y trouvaient, ainsi que la plupart des hommes de main de la région. Charley Fever a été coupé en deux, mais il est encore vivant. Il n'en a probablement pas pour longtemps. Je pense qu'il préférerait mourir.

— C'est facile de mourir, commenta Bolan.

— C'est juste. Il y a eu beaucoup de morts ce soir. Bonne chance, Frapent.

Les deux hommes échangèrent une poignée de main. Bolan et Toby s'éloignèrent et trouvèrent la voiture.

Assise près de lui sur la banquette, Toby demanda :

— Les verts pâturages ?

— Ce n'est qu'un état d'esprit, Toby, dit Bolan en lui souriant. J'ai des choses à faire à New Orleans. Il paraît que rien n'y est vert, même pas l'herbe.

— Je vois.

— Tu fais un bout de chemin avec moi ?

— Tant que tu voudras.

Une larme coula subitement le long de sa joue.

— Je pense à Georgette. C'était un drôle de flic.

— Oui.

— Je vais revenir après... Après.

— Fais-le, dit Bolan d'une voix sinistre. Reviens et descends tous ceux qui restent, Toby.

— J'en ai l'intention.

— Bats-toi jusqu'à ce qu'ils commencent à te bouffer puis crache-leur dans les tripes. Frappe-les comme tu pourras, de n'importe quelle manière, de n'importe où.

— Je vais noter ça. Je le ferai inscrire sur ta tombe.

— Bonne idée.

Elle se blottit contre lui et chuchota :

— Si on parlait d'autre chose. Pendant deux ou trois jours on ne parle plus boulot, d'accord ? On oublie tout...

Mais Bolan n'oublierait jamais et Toby non plus. Il regarda dans le rétroviseur et vit des lueurs rouges dans le ciel.

Il vit aussi le visage de la mort qui lui souriait et qui semblait lui promettre une prochaine rencontre...

LE NIVELLEMENT DE NEW ORLEANS

Fillippe (Bonbon Phil) Buono, le maître du vice de New Orleans, quitta son lit sans un regard pour la fille nue qui y dormait encore et entra dans la salle de bains. Il accrocha son kimono derrière la porte mais la robe de chambre en soie glissa du crochet et tomba sur le carrelage. Il se baissa pour la ramasser et sentit subitement une pression froide au sommet du crâne.

Une voix d'outre-tombe lui dit doucement :

— Pas un geste, Bonbon, sinon tu vas perdre la tête...

Hank Frost, soldat de fortune.

Par dérision,
l'homme au bandeau noir s'est surnommé

LE MERCENAIRE

Il est marié avec l'Aventure.
Toutes les aventures.
De l'Afrique australe à l'Amazonie.
Des déserts du Yémen
aux jungles d'Amérique centrale.
Sachant qu'un jour,
il aura rendez-vous avec la mort.

Déjà paru chez votre libraire :

N° 1 Œil pour œil
N° 2 Sang et mort au Guatemala

Achevé d'imprimer en juin 1984
sur les presses de l'Imprimerie Bussière
à Saint-Amand (Cher)

— N° d'Édition : 10394. — N° d'Impression : 1393. —
Dépôt légal : 1er trimestre 1978.

Imprimé en France